Pascale Maret
Mich kriegt ihr nicht

Pascale Maret

MICH KRIEGT IHR NICHT

Aus dem Französischen von
Anna Taube

GULLIVER
von BELTZ & Gelberg

www.beltz.de
© 2016 für diese Lizenzausgabe Beltz & Gelberg
in der Verlagsgruppe Beltz · Weinheim Basel
Werderstraße 10, 69469 Weinheim
Alle Rechte für diese Ausgabe vorbehalten
Die französische Originalausgabe erschien unter dem Titel
La Véritable Histoire d'Harrison Travis
© Editions Thierry Magnier, France, 2012
© der deutschen Ausgabe: mixtvision Verlag, München, 2014
Aus dem Französischen von Anna Taube
Neue Rechtschreibung
Einbandgestaltung: Johannes Wiebel, punchdesign, München
Gesamtherstellung: Beltz Bad Langensalza GmbH,
Bad Langensalza
Printed in Germany
ISBN 978-3-407-74644-3
1 2 3 4 5   20 19 18 17 16

Für Toé

Inhalt

11 Mein Hund

21 Die Schule

30 Meine Anfänge als Dieb

39 Die Flugzeuge

44 Auf der Flucht

51 Das Ende meiner ersten Flucht

64 Von Riverview nach Mansfield

70 Rückkehr nach Maillico

83 Die Sache mit dem Mercedes

89 Wie ich die Insel wechselte

100 Mein erster Flug

109 Bei Jim, dem Indianer

118 Spokane

126 Kleiner Besuch beim Wohnwagen

134	Von San Pedro nach Richmond mit einem kurzen Zwischenstopp auf Barton Island
143	Der Wopatchee-Nationalpark
154	Meine Tour durch Idaho
161	Die hübsche kleine Cessna 152 und was ich damit angestellt habe
170	Mein letzter Besuch im Wohnwagen
178	Familienfeier
188	Nachtflug
193	Das Ende der Reise
204	Es ist aus
211	Und jetzt?
221	Nachwort
223	Danksagung

Ich habe beschlossen, meine Biografie zu schreiben, na ja, und das mache ich jetzt eben.

Eigentlich war es dieser Schmierfink von der *Washington News*, der mich auf die Idee gebracht hat. Der wollte, dass wir uns einmal pro Woche treffen: Ich hätte ihm meine Geschichte erzählt und er hätte sie Schwarz auf Weiß verewigt. Aber die können mir nichts mehr vormachen, diese sensationsgeilen Klatschreporter, die haben schon genug Blödsinn über mich verbreitet. Also ist es wohl besser, ich kümmere mich selbst um diese Sache.

„Das ist eine gute Idee, Mann", meinte Alex, mein Gefängniswärter. „So hast du was zu tun und außerdem könntest du damit 'ne Menge Kohle verdienen." Sicher ist, dass ich 'ne Menge Zeit totzuschlagen habe. Aber ich bin mir nicht so sicher, ob ich mit meiner Geschichte Unmengen an Dollars rausschlagen will.

Es ist nur so, ich weiß gar nicht, wo ich anfangen soll. In meinem Leben ist so viel passiert. Dabei bin ich grad mal neunzehn.

Vermutlich sollte ich mit meiner Geburt beginnen. Allerdings find ich den Gedanken, wie ich da so klebrig rauskam und dann zu brüllen anfing, nicht so berauschend. Nee, viel lieber möchte ich mit einem Moment beginnen, in dem ich superglücklich war. Zum Beispiel, als ich meinen Hund bekam. Das wird das erste Kapitel und ich nenne es: Mein Hund.

Mein Hund

Mike hat ihn mir geschenkt, diesen Hund. Eines Abends ist er mit diesem Fellbündel im Wohnwagen aufgekreuzt und sagte: „Irgendwie hab ich den Eindruck, dass du Tiere gern hast, Harry. Also, der ist für dich." Damals kannte ich Mike noch nicht so gut. Er kam von Zeit zu Zeit zum Wohnwagen und am Wochenende ging er mit meiner Mutter aus. Aber von diesem Moment an konnte ich ihn gut leiden.

Der kleine Hund war zum Anbeißen, eine Kreuzung aus Golden Retriever und Promenadenmischung, mit süßen Schlappohren, sanften Augen und einem Fell, das weicher war als alles, was ich bisher kannte. Ich nannte ihn Donut, weil er aussah wie ein frisch gebackener Teigkringel und weil ich Donuts mochte. Und übrigens immer noch mag.

Meine Mutter hat eine Riesenszene gemacht und Mike angeschnauzt: „Was soll ich denn mit so 'nem Scheißköter? Glaubst du vielleicht, ich schwimm im Geld und kann 'nen Hund durchfüttern? Was bildest du dir eigentlich ein, hier einfach ein Tier anzuschleppen? Dem baller ich eine, und zwar mit dem Gewehr!"

Blablabla. Wenn meine Mutter mal in Fahrt ist, dann kann das dauern. Aber Mike war ein cooler Typ. Er ließ sie rumbrüllen, dann hat er ihr versprochen, sich um das Futter für Donut zu kümmern, und hat meiner Mutter ein Sixpack Bier aus dem Auto geholt. Als sie das Bier sah, hat sich meine Mutter beruhigt.

„Der Junge hat doch niemanden zum Spielen", sagte Mike. „Mit 'nem Hund ist er in guter Gesellschaft."

Nie zuvor war ich so glücklich. Im Wrack des Fords richtete ich Donuts Hundehütte ein. Der Chevrolet wäre bequemer gewesen, aber der stand nicht so nah beim Wohnwagen und ich wollte da sein, falls es Probleme gäbe. Und es gab ein Problem. Als ich die Tür des Wagens schloss (natürlich hatte ich das Fenster einen Spaltbreit offen gelassen), fing er an zu jaulen, wie es Hunde nun mal machen.

„Mum", sagte ich, „er hat Angst so allein. Kann er nicht am Anfang bei mir schlafen? Ich mein, er ist doch noch ein Welpe …"

Unnötig zu sagen, dass sie nicht wollte. Sie hatte eine Stinkwut, wegen dem Lärm und so, und sie brüllte: „Mach lieber, dass er aufhört zu jaulen, dein Scheißköter, sonst mach ich das auf meine Weise!"

Mir war klar, was sie damit andeuten wollte. Also nahm ich meinen Schlafsack und legte mich zum

Schlafen zu Donut in den Ford. Zum Glück war gerade Juli.

Donut und ich waren in diesem Sommer unzertrennlich. Ich war sieben, gar nicht so alt, aber ich trieb mich ziemlich weit in der Gegend herum. Unser Wohnwagen stand mitten im Nirgendwo, in einem gottverlassenen Winkel im Süd-Osten der Insel. Der Norden der Insel war ziemlich dicht besiedelt, denn da war die Brücke zum Festland. Da lag auch die Stadt, Whitehaven, mit den ganzen Geschäften, dem Hafen, den Werkstätten, Hotels und Bars. Dagegen war der Zipfel im Süden wirklich wild: Die Leute mit der fetten Kohle hatten sich riesige Villen am Strand gebaut, aber im Hinterland gab es nur Bäume und kaum Leute. Damals schien es mir ein Riesengebiet zu sein, aber ich seh inzwischen ein, dass Maillico Island eine winzig kleine Insel ist: Fünfundzwanzig Kilometer von Norden nach Süden, und viel breiter ist sie auch nicht. An der Südspitze, wo meine Mutter wohnt, ist sie bestenfalls fünf Kilometer breit. Jedenfalls war das für mich ein super Abenteuerspielplatz, den ich für meine Expeditionen nutzte.

Als ich Donut bekam, hatte ich bereits die Umgebung bis Blue Moon Beach im Osten, Tulalip Bay im Süden und Cassidy Lane im Westen erkundet. An der

Küste von Blue Moon Beach waren die Strände am besten und deswegen standen da auch die schönsten Ferienhäuser. Außerhalb der Ferien schlich ich mich in die Gärten, vor allem in die mit einer Schaukel. In einem Garten war ich am liebsten, da hatten sie ein supertolles Baumhaus gebaut. Nicht bloß so drei lose vernagelte Planken, nein, eine richtige Hütte im Wipfel eines riesigen Baums, mit Bänken und einem Tisch drin und einer Leiter zum Hochklettern. Als Donut ein bisschen größer war, bin ich noch weiter ausgeschwärmt, bis nach Windham Bay und zur südlichen Verbindungsstraße. Gemeinsam waren wir den ganzen Tag lang unterwegs und sind erst tief in der Nacht nach Hause gekommen. Meine Mutter sagte dazu nichts, sie war es gewohnt und außerdem machte sie sich nie sonderlich Sorgen um mich, sie wusste ja, dass ich mich schon irgendwie durchschlage. Es nervte sie ohnehin, wenn ich ihr zwischen den Füßen war, und bevor ich ihr beim Rauchen, Biersaufen und Rummotzen zusah, war ich lieber unterwegs im Wald.

Im Sommer ging ich auch an den Strand, frühmorgens, wenn noch nicht so viele Touristen da waren. Ich mochte nicht, wie sie mich ansahen. Aber ich muss sagen, dass das dank Donut besser wurde: Da kamen dann die Kinder und streichelten ihn und manche

14

redeten sogar mit mir. Ich erinnere mich besonders an eine Familie, die Trudys, die kamen aus Spokane. Es waren vier Kinder, und ein Mädchen, Lucy, war ungefähr so alt wie ich. Ich fand Lucy ganz schön hübsch mit ihren kastanienbraunen Locken und ihren blauen Augen. Einmal hatte mich Mrs Trudy zum Picknick eingeladen. „Du hast ja einen gesegneten Appetit, mein Junge", bemerkte Mr Trudy. Ich hatte damals dauernd Hunger, im Kühlschrank unseres Wohnwagens war eigentlich nie was außer Bier. Und es stimmt schon, ich hatte wirklich einen gesegneten Appetit. Übrigens war die erste Sache in meinem Leben, die ich klaute, eine Pizza.

Nein, so geht das nicht. Ich wollte doch ein Kapitel über meinen Hund schreiben, und jetzt sprech ich von völlig anderen Sachen. Ich merk schon, dass es schwierig werden wird, nicht alles zu vermischen. Ich muss der Reihe nach erzählen.

Also, mein Hund, Donut. Wie ich schon sagte, waren wir in diesem Sommer keinen Tag voneinander getrennt. Und als dann die Ferien vorbei waren, kam mir die Schule noch schlimmer vor als in den Jahren zuvor. Am Anfang ist Donut wie ein Verrückter hinter dem Schulbus her gerannt und ich hatte Angst, dass er überfahren wird. Dann hat er verstanden, dass ich abends immer wieder nach Hause kam. Er war echt intelligent, mein Hund. Morgens begleitete er mich bis zur Bushaltestelle, streunte dann tagsüber in der Gegend umher, um mich abends pünktlich wieder an der Haltestelle an der Cassidy Lane abzuholen. Wenn ich ihn nicht an der Haltestelle entdecken konnte, dann nur, weil meine Mutter unterwegs war und ihn am Wohnwagen angebunden hatte. „Damit er unser Eigentum beschützt", wie sie es nannte. Das war Schwachsinn, denn Donut war nun wirklich kein Wachhund, er war überhaupt nicht bissig, sondern eigentlich sehr zutraulich. Ich frage mich ohnehin, wer bei uns hätte einbrechen wollen, in diesen Schrotthaufen von einem Wohnwagen. Aber meine Mutter mochte es nicht, wenn jemand in der Nähe herumlungerte. An der Ecke unserer Straße hatte sie ein Schild aufgestellt: *Privatbesitz. Betreten verboten, Todesgefahr*, darunter hatte sie einen Totenkopf gekritzelt. Das waren keine leeren Drohungen: Sie würde ihr Gewehr ohne mit der Wimper zu zucken auch benutzen. Die Bullen und die Journalisten, die in den letzten Jahren meinetwegen beim Wohnwagen aufkreuzten, hatten Glück, dass sie es nicht tat.

Gott sei Dank kam es nicht allzu oft vor, dass sie abhaute und Donut an die Kette legte. Manchmal verbrachte sie den Tag mit Mike oder sie machte irgendeinen Gelegenheitsjob in der Stadt, aber die meiste Zeit war sie da und Donut war frei. Sobald ich aus der Schule kam, liefen Donut und ich los, meistens an die Küste von Blue Moon Beach: Wir spielten zusammen am Strand oder, bei schlechtem Wetter, in dem supertollen Baumhaus. Selbst als es kälter wurde, trieben wir uns bis tief in die Nacht im Freien rum, das war mir lieber, als mit meiner Mutter im engen Wohnwagen eingequetscht zu sein. Bestimmt hatte ich deshalb später nie Probleme, als ich wochenlang draußen in der Wildnis lebte.

Ja, das war eine gute Zeit in meinem Leben. Mike kam mindestens einmal die Woche vorbei und brachte einen Sack mit Trockenfutter für Donut mit und einen großen Knochen, den ihm ein Freund, der im Supermarkt arbeitete, geschenkt hatte. Er brachte auch Essen für uns mit, Joghurt kurz vorm Verfallsdatum, Eier, deren Schalen einen kleinen Sprung hatten und solche Sachen, die ihm sein Freund vom Supermarkt gab. Wenn Mike aufkreuzte, warf mir meine Mutter immer ihren berühmten „Hau ab"-Blick zu und ich wusste, dass ich für einige Zeit von der Bildfläche verschwinden musste, bis sie fertig waren. Ich wusste, was los war: Mike war nicht der erste Typ, der zum Wohn-

17

wagen kam. Aber er war mit Abstand der netteste. Er arbeitete am Hafen, ich weiß gar nicht genau, was. Auf jeden Fall ganz in der Nähe der Lastwagen, denn von so einem wurde er dann überfahren, etwa ein Jahr, nachdem er mir Donut geschenkt hatte. Das hat mir einen ziemlichen Schlag versetzt, muss ich zugeben. Ich hatte Mike gern gehabt und ich glaube, er mochte mich auch. Vielleicht, weil er einen Sohn hatte, der nur wenig älter war als ich und den er kaum noch sah, nachdem er sich von seiner Frau hatte scheiden lassen. Ich will nicht so weit gehen, ihn als meinen Vater zu bezeichnen, aber er war nah dran. Danach gab es noch Jim, den Indianer, aber als ich Jim kennenlernte, war ich schon siebzehn, das war ein bisschen spät und außerdem hatte ich da auch schon meinen richtigen Vater getroffen. Aber jetzt bringe ich schon wieder die ganze Geschichte durcheinander, ich bleibe einfach nicht bei der Sache.

Wir waren nicht auf der Beerdigung von Mike. Meine Mutter war die drei Tage davor ständig besoffen und wollte in diesem Zustand nicht hin, aber ich glaube, sie wäre auch so nicht hingegangen: Feierlichkeiten, Versammlungen und solche Sachen, wo man Höflichkeiten austauscht, waren nie wirklich ihr Ding. Ich bin mit Donut und mit meinem Schlafsack abgehauen und hab zwei Nächte im Wald geschlafen. Seitdem liebte ich diesen Hund noch viel mehr, aber ich gebe zu, dass es echt schwierig wurde ihn zu füttern: ohne Mike, der uns mit Lebensmitteln versorgt hatte, und mit meiner Mutter, die sofort einen Wutanfall bekam, sobald ich nach Essen fragte. Donut begann, in den Abfällen nach Resten zu suchen, und zweifelsohne hat er da irgendeinen Müll gefressen, denn im Herbst des darauffolgenden Jahres wurde er sehr krank. Er hatte Schmerzen und winselte, er lag nur noch auf der Rückbank des Fords und konnte nicht mehr aufstehen. Ich flehte meine Mutter an, ihn zum Tierarzt zu bringen, ich hab sogar geweint, obwohl ich doch niemals weinte, aber das brachte sie nur noch mehr auf die Palme. Sie entsicherte ihr Gewehr und sagte, dass sie das Problem ein für alle Mal aus der Welt schaffen würde. Ich versperrte ihr den Weg, und als sie mir mit dem Kolben eins überziehen wollte, riss ich ihr das Gewehr aus der Hand. Ich war damals fast zehn und ziemlich groß und kräftig für mein Alter. Und meine Mutter stand auch nicht so sicher auf den Beinen an diesem Tag. Also ließ sie es bleiben. Donut hat dann noch so lange Zeit gelitten, dass ich es fast bereute, meine Mutter aufgehalten zu haben.

Ich hatte danach nie mehr ein eigenes Tier und ich hab Donut niemals vergessen. An ihn dachte ich auch, als ich vor einem Jahr auf meiner Flucht in der Nähe von Jackson an einer Tierarztpraxis vorbeikam und einen 100-Dollar-Schein in den Briefkasten steckte, zusammen mit einem Zettel, auf den ich *um die Tiere zu behandeln* geschrieben hatte. Aber das ist eine andere Geschichte, oder vielmehr ein anderes Kapitel.

Ich hing wohl vor allem deshalb so sehr an Donut, weil ich sonst wirklich niemanden zum Spielen hatte. Es gab nicht viele Bewohner in unserem Teil der Insel, die nächste Nachbarin war die alte Mrs Jercinski und dann die Danes, die ungefähr einen Kilometer weit weg wohnten und mit denen meine Mutter nicht sprach. Klar, es gab die Schule, aber da hatte ich nicht so viele Freunde.

Um die Wahrheit zu sagen, war die Schule kein Ort, an dem ich mich besonders wohlfühlte. Ich denke nicht gern daran zurück, aber vielleicht sollte ich doch ein paar Worte darüber verlieren, wenn ich mein Leben erzählen will, weil ich da ja doch nicht eben wenig Zeit verbracht hab. Das wird also das zweite Kapitel.

Die Schule

Die Grundschule Nummer 305 des Distrikts Westwood lag ungefähr acht Kilometer nördlich von unserem Wohnwagen. Ich lief bis zur Abzweigung der Cassidy Lane und wartete dort auf den Schulbus. An dieser Haltestelle stiegen auch John und Emily Danes und die Kerry-Zwillinge ein. Wir waren fast die Ersten auf der Runde und nur die begehrten Plätze in der letzten Reihe waren schon besetzt. Die Kerrys, die zweieiige Zwillinge waren und sich ständig in den Haaren hatten, setzten sich in die vorletzte Reihe und fingen an zu streiten. Emily setzte sich in die Mitte und hielt ihrer besten Freundin Joanna, die zwei Haltestellen später einstieg, einen Platz frei. John setzte sich direkt hinter den Busfahrer, ein ruhiger Platz, auf dem er sich noch einmal schnell auf den Unterricht vorbereiten konnte. Ich wählte den Platz am Notausstieg, weil ich den Gedanken, bei einem Unfall im Bus festzustecken, nicht mochte. Am vorletzten Halt setzte sich Tina neben mich. Sie hatte von sich aus beschlossen, dass wir Freunde waren, und sie war eigentlich die Einzige, die mit mir sprach. Am Anfang gefiel mir das gar nicht, weil Tina schwarz war und meine Mutter immer über Schwarze geschimpft hatte.

Was uns letztlich zusammenbrachte, waren unsere Namen. Ich erinnere mich, dass das das Erste war, was sie zu mir sagte: „Ich heiße Tina. Wegen Tina Turner, meine Mutter ist ein Fan von ihr." Und statt die Schultern zu zucken und mich zurückzuziehen, wie ich es sonst getan hätte, erklärte ich ihr, dass ich Harrison hieß (alle sagen Harry zu mir, aber mein richtiger Name ist Harrison) wegen Harrison Ford. Meine Mutter interessierte sich nicht wirklich für Kinofilme, aber als sie jung war, fuhr sie total auf Indiana Jones ab. Ich schätze, sie hätte es gern gehabt, wenn ich ihm ähnlich sehen würde. Aber, gut, ich wollte eigentlich von der Schule erzählen und nicht von Harrison Ford.

Es gab jede Menge Sachen, die ich an der Schule nicht mochte:

1. Die anderen Kinder: Normalerweise mochten die mich auch nicht. Sie machten sich über mich lustig, weil ich uralte und nicht besonders saubere Kleidung anhatte. Meine Mutter sammelte hier und da irgendwelche Klamotten für mich zusammen und ich habe sie nie auch nur einen Knopf annähen, geschweige denn etwas flicken sehen. Waschmaschinen hatte sie auch irgendwo zusammengesammelt, zwei waren es,

die draußen vor sich hin gammelten, und die eine, die im Schuppen stand und prinzipiell noch funktioniert hätte, benutzte sie so gut wie nie. Ich sah also echt armselig aus und die anderen lachten darüber. Außerdem fanden sie mich komisch, weil ich es im Gegensatz zu ihnen immer schwer fand, den Regeln zu folgen. Ich glaube, das machte ihnen Angst. Aber im Großen und Ganzen ärgerten sie mich nicht besonders, sie mieden mich eher. Nur Tina wollte meine Freundin sein, sie passte auch in keine Schublade.

2. Die Lehrer: Die nervten mich, alle. Die, die mich anschrien, weil ich der lebende Beweis dafür war, dass ihr Ding nicht funktionierte. Die, die sich für mich interessierten und versuchten, mich zum Mitmachen zu bewegen. Die, die mich krampfhaft ignorierten. Für die war ich ein „Fall", wie Ms Mifflin das ausdrückte. Sie sagte zum Direktor: „Hm, Harrison, der kleine Travis … das ist so ein Fall, nicht wahr?"

3. Den ganzen Tag in einem geschlossenen Raum still mit dem Hintern auf einem Stuhl sitzen zu müssen.

4. Das meiste von dem, was man versucht hat, mir beizubringen.

Ich glaub nicht, dass ich ein Idiot bin. Ich bin den Polizisten, die mich schnappen wollten, unzählige Male entwischt, ich bin aus einer überwachten Erziehungsanstalt ausgebrochen, ich habe Autos, Schiffe und Flugzeuge gelenkt, ohne dass ich auch nur eine Stunde Unterricht hatte, und sogar die Journalisten, die gemeine Artikel über mich geschrieben haben, mussten zugeben, dass ich schlau bin. Vielleicht nicht intelligent, aber schlau. In der Schule hielt man mich allerdings für ziemlich unterbelichtet, weil ich mich nicht für ihren Kram interessierte, meine Hefte (wenn ich überhaupt welche hatte) wie Schmierpapier aussahen und ich keine Hausaufgaben machte. Natürlich bestellten sie meine Mutter ein, aber die erschien nie zu irgendeinem Termin. Doch, ich erinnere mich, dass sie sich einmal, und ich weiß nicht, welcher Teufel sie da geritten hatte, aufgerafft und meine Lehrerin Mrs Burton besucht hat. Ich war im letzten Jahr der Grundschule, Donut war da schon lange tot, anderthalb Jahre bestimmt. Mrs Burton war gar nicht so übel, für eine Lehrerin, meine ich. Sie war alt und sie hatte schon viele Kinder kommen und gehen gesehen. Sie fand, dass ich „gewisse Fähigkeiten" hatte, aber sie machte sich große Sorgen wegen meines schlechten Benehmens und meiner kompletten Arbeitsverweigerung. Schließlich sollte ich im nächsten Jahr auf die weiterführende Schule gehen, wo man sicherlich weniger geduldig wäre, und deswegen bräuchte ich Hilfe, um mich zu disziplinieren, man müsste zu Hause meine Hausaufgaben überwachen und meine Heftführung kontrollieren … Meine Mutter ließ sie nicht mal ausreden. Sie kriegte eine Stinkwut und sagte, dass es ja wohl die Höhe sei, dass man sie einbestellt, damit sie sich so einen Mist anhöre, dass sie niemanden brauche, der ihr Erziehungstipps gibt, und wenn ich mich schlecht im Unterricht benähme, wäre das ja wohl nicht ihr Problem, wenn die Lehrer unfähig wären. Danach ließ sie noch so was wie „ich hab heute auch noch was anderes zu tun" vom Stapel, bevor sie aufstand und mich vor sich her aus dem Raum schob. Einerseits war mir die Sache ganz schön unangenehm gegenüber Mrs Burton, die immer nett zu mir war, andererseits freute ich mich darüber, wie meine Mutter sämtliche Regeln der Höflichkeit über den Haufen warf.

Einige Wochen später wurde ich aus dem Unterricht geholt und einer Dame vorgestellt. Ich habe erst gar nicht so richtig verstanden, wer das war und warum sie mir alle diese Fragen stellte. Ich nehme an, sie war eine Sozialarbeiterin oder so was in der Richtung. Ich erinnere mich, dass sie mich fragte, was ich in meinem Leben ändern würde, wenn ich es könnte. Ich antwortete: dass meine Mutter eine Arbeit findet und Sachen zum Essen einkauft, statt immer nur zu rauchen und Bier zu picheln.

Wie ich schon sagte, war mein größtes Problem zu dieser Zeit, dass ich immer Hunger hatte. Darum gab es auch eine Sache, die ich an der Schule gut fand: die Kantine. Viele Kinder fanden das Essen schlecht, aber ich schlug mir den Magen voll. Einmal hat dieser Typ, Mark Duffy, ein Kerl aus meiner Klasse, den ich nicht ausstehen konnte, eine Flasche Wasser über meinem Mittagessen verschüttet. Das hatte er vielleicht nicht mit Absicht gemacht, aber er fing an zu lachen. Das hätte er lieber lassen sollen, denn mir brannten sämtliche Sicherungen durch. Ich stieß ihn von seinem Stuhl und drosch auf ihn ein. Ich glaube, hätte mich der Aufsichtslehrer nicht aufgehalten, hätte ich ihn k.o. geschlagen. Weil er mein Essen vermatscht hatte, aber auch aus einem anderen Grund: Er war ein Musterschüler, der Liebling aller Lehrer, sein Vater war Direktor einer Bankfiliale in Whitehaven und seine Mutter hatte was weiß ich was für einen tollen Posten im Bürgermeisteramt. Jedes Mal, wenn er mich ansah, hatte ich das Gefühl, seinen Blick zu verschmutzen. Und da hab ich drauflosgeschlagen.

Ich bin kräftig und gewinne einen Kampf mit Leichtigkeit, aber ich bin nicht gewalttätig und ich mag keine Prügeleien. Dieses eine Mal bin ich allerdings zu weit gegangen. Ich wurde bestraft, klar, und für eine

26

Woche von der Schule suspendiert. Das war weder das erste noch das letzte Mal. Mit meiner Freundin Tina habe ich in der Schule echt einigen Blödsinn gemacht, gebe ich zu. Einmal haben wir alle Goldfische, die im Aquarium in der Aula rumschwammen, gefangen und im Bach, der hinter ihrem Haus entlangfloss, ausgesetzt. Wir wollten ihnen ihre Freiheit zurückgeben, aber ich nehme an, sie sind alle verreckt. Ein anderes Mal haben wir uns im Kunstraum eingeschlossen und, wie es die Kunstlehrerin ausdrückte, „unserer Kreativität freien Lauf gelassen". Das Resultat war wirklich bunt und originell.

Auf der weiterführenden Schule wurde es dann ernst, also, die Streiche, meine ich. Die *Westwood High School* war auf der anderen Seite der Brücke, die Maillico Island mit dem Kontinent verband, und ich brauchte eine geschlagene Stunde, um mit dem Schulbus dorthin zu kommen. Allgemein waren wir von der Insel bei denen vom Festland nicht gut angesehen. Die beiden Gruppen mischten sich nicht. Tina und ich, wir hatten trotzdem einen Kumpel: Der Kerl hieß Bronco Reeves, er war zwei Jahre älter als wir und hatte sich bereits einen beachtlichen Ruf als Rowdie erarbeitet. Er war klein und mager, das genaue Gegenteil von mir, aber er hatte es faustdick hinter den Ohren und alle nahmen sich vor ihm in Acht. Zusammen haben wir so einiges angestellt, Bronco, Tina und ich. Wir haben das Labor zerstört, Computer geklaut und Wände mit Graffitis besprüht. Die Lehrer hatten jegliche Hoffnung aufgegeben, dass aus mir noch etwas werden könnte. Ich war ihr schwarzes Schaf. Und ich bekam alles ab: Verwarnungen, Disziplinarverfahren, Nachhilfekurse, psychologische Betreuung. Aber ich habe nicht mitgemacht. Was die Lehrer erzählten, interessierte mich immer weniger. Manchmal weckte das ein oder andere meine Neugier: eine Geschichte, die wir im Englischkurs lasen, eine Biostunde über Tiere, oder die Frage, wieso Flugzeuge fliegen können. Aber die meiste Zeit versuchte ich nicht einmal zuzuhören, und solange ich still in meiner Ecke saß, ließen mich die Lehrer in Frieden. Immer öfter wanderte ich in den Wäldern umher statt den Schulbus zu nehmen. Dort fühlte ich mich wohl. Die Wälder von Maillico Island sind schön: Ahornbäume und Zedern, unter denen sich Teppiche aus Farn ausbreiten. Im Sommer sind die Farnblätter wie frische grüne Spitzenkissen, die beim Vorüberlaufen die Füße streicheln. Früher, als ich noch klein war, ragten sie hoch über mir auf, und als ich dann größer wurde, tauchte ich langsam zwischen ihnen auf, erst nur mein Kopf, später die Schultern, die

Brust … Aber wenn man verschwinden will, reicht es, einfach abzutauchen. Das ist praktisch, wenn einem jemand hinterherrennt. Auf diese Weise bin ich den Cops entwischt, als ich den Mercedes am Sunset Café geschrottet habe. Aber wenn ich jetzt anfange, davon zu erzählen, muss ich wohl das Kapitel über die Schule zu Ende bringen und erst mal erklären, wie es dazu kam, dass ich Sachen klaute.

Über die Schule kann ich auch gar nichts mehr großartig sagen: Ich bin immer seltener hingegangen und das Jugendamt ist meiner Mutter mit Fragen auf den Keks gegangen, aber das änderte nichts. Sie hat mich angeschrien und gesagt, dass sie die Schnauze voll davon hat, dass ich ihr immer Ärger mache, aber sie wusste genau, dass sie mich nicht zwingen konnte, zur Schule zu gehen – und eigentlich war ihr das auch scheißegal. Insgeheim machte es sie, glaube ich, sogar froh, dass ich rebellisch und wild war wie sie. Die Schule hatte sie auch nie gemocht. Als ich im Abschlussjahr die Schule endgültig schmiss, wollte niemand mehr was von mir. Nur dass ich Tina und Bosco nicht mehr sehen würde, machte mich ein bisschen traurig. Den Rest: wären wir los! Wir können zum nächsten Kapitel übergehen. Ich werde es *Meine Anfänge als Dieb* nennen.

Meine Anfänge
als Dieb

Ich habe mit einer Pizza angefangen. Ich habe mit einem Flugzeug aufgehört. Aber von den Flugzeugen erzähle ich später.

An die Pizza erinnere ich mich gut. Mike war noch nicht lange tot und seit er uns nicht mehr besuchen kam, konnte unser Kühlschrank nicht mehr als Nahrungsquelle Nummer eins herhalten. Ich wuchs und ich hatte die ganze Zeit Hunger, Donut auch. Wir strichen in der Umgebung des Wohnwagens umher, immer auf der Suche nach was Essbarem. Ich erledigte kleine Aufgaben für die alte Mrs Jencinski und sie gab mir dafür ein Sandwich oder einen Bagel. Eigentlich, glaube ich, brauchte sie meine Dienste gar nicht, sie hatte einfach Mitleid mit mir.

Und dann hat Donut die Reichtümer entdeckt, die in der Mülltonne der Danes schlummerten, und ich entdeckte ihre Tiefkühltruhe. Das Haus der Danes war riesig und mir kam es einfach nur großartig vor. Es lag etwa einen Kilometer von uns entfernt, am Ende der Cassidy Lane an der Westküste, fast am Strand. Normalerweise gehörten die schönen Villen am Meer irgendwelchen Touristen, die hier nur den Sommer verbrachten, aber die Danes lebten das ganze Jahr über auf der Insel, und ich hab ja schon gesagt, dass John und Emily, die Kinder, im Schulbus mit mir fuhren. Mrs Danes war ganz anders als meine Mutter, um nicht zu sagen: das krasse Gegenteil. Sie war immer sauber und hübsch und fröhlich, als käme sie gerade eben aus so 'ner ollen Waschmittelwerbung im Fernsehen. Vormittags arbeitete sie in der Bücherei von Whitehaven und den Rest der Zeit verbrachte sie damit, ihr Haus auf Hochglanz zu polieren und ihre Familie zu bekochen. Ich liebte es, um das Haus der Danes zu schleichen. Ich versteckte mich hinter den Hecken, die den Kiesweg zu ihrem Haus säumten, und sah Mr Danes zu, wie er die Veranda strich oder den Rasen mähte und wie sich Mrs Danes um ihre Rosen kümmerte. Ich rührte mich stundenlang nicht von der Stelle, warum, weiß ich nicht, bis sie mich fragte: „Harry, hättest du vielleicht Lust auf ein Erdnussbutterbrot?" Manchmal war es auch ein Stück Kuchen oder eine Handvoll Kekse. Ich sagte niemals Nein, klar, insgeheim hatte ich ja darauf gehofft. Aber auch sonst wäre ich geblieben und hätte sie beobachtet. Sie waren

31

eigentlich immer freundlich zu mir, jedenfalls die Eltern. John und Emily dagegen konnten es nicht leiden, wenn ich sie besuchte, und sie luden mich nie zum Spielen ein. Sie waren stinksauer, wenn Mrs Danes mich in ihre Küche ließ, das sah man.

Auf diese Weise lernte ich das Haus kennen, vor allem die Vorratskammer, wo sich auch die Tiefkühltruhe befand. Denn außer ihrem gigantischen Kühlschrank in der Küche hatten sie noch diese Kühltruhe, ein großer weißer Kasten, der bis zum Rand voll war mit Lebensmitteln – ein echter Schatz. Die Vorratskammer hatte eine kleine Tür, die zum Garten hinausführte, in Mrs Danes Kräutergarten, der so gut roch, und diese Tür war niemals verschlossen. Auf Maillico Island kennt jeder jeden, die Leute sind nicht misstrauisch und schließen auch nicht ab. Das hat sich inzwischen ein bisschen geändert. Wegen mir.

Aber damals war die Tür der Danes offen. An diesem Abend war meine Mutter mal wieder besonders mies drauf, und als ich ein Abendbrot einforderte, hat sie mich weggeschickt und gesagt: „Du hast nur Fressen und Blödsinn im Kopf, hau ab!", so oder so ähnlich jedenfalls, gespickt mit jeder Menge Kraftausdrücken. Der Kühlschrank war leer, außer dem üblichen Bier und einem Stück Käsekuchen, das so alt war, dass es schon laufen konnte. Mich schreckte das ab, aber Donut war nicht so wählerisch.

„Du blöde, fette Kuh!", schrie ich meine Mutter an, und bevor sie ihren Allerwertesten von der Sitzbank heben konnte, war ich schon weg. Und in diesem Augenblick erinnerte ich mich an die Tiefkühltruhe der Danes. Ich bin den ganzen Weg bis zu ihrem Haus gerannt. Als ich dort ankam, waren alle Fenster hell erleuchtet. Mr Danes und John sahen im Wohnzimmer fern, ein Baseballmatch. Emily und ihre Mutter mussten oben sein. Ich schlich mich in die Vorratskammer, ich hatte Riesenschiss, das weiß ich noch, aber mein Hunger war noch größer, also hob ich den Deckel der Truhe an und griff nach der ersten Sache, die mir in die Hände fiel: eine riesige Familienpizza. Dann bin ich mit Donut an den Strand runter und hab mit dem Pizzakarton und angeschwemmtem Holz ein Feuer gemacht. Auf großen Kieselsteinen hab ich die Pizza aufgetaut. Halb verbrannt und halb gefroren haben Donut und ich sie verschlungen, und sie war köstlich.

Ich war auf eine unerschöpfliche Ader gestoßen, denn die Kühltruhe der Danes schien sich niemals zu leeren. Und ich bediente mich regelmäßig: Käsekuchen, Eis, Pizzas … Kann sein, dass die Danes etwas bemerkt haben, aber sie verschlossen die Augen. Ich kann also

33

sagen, dass sie mich auf 'ne spezielle Art und Weise wirklich gern hatten. Einmal habe ich sie von mir sprechen gehört, da nannten sie mich „den kleinen Wilden", aber das schien mir keine Beleidung zu sein, sondern fast so was wie ein freundlicher Spitzname. Sie bedauerten mich, denke ich. So kam es, dass Klauen für mich zur Gewohnheit wurde. Um etwas zu Essen zu haben.

Das war der Moment, in dem ich begriff: Wenn ich etwas nicht hab, klau ich es mir eben. Und ich hatte eigentlich nichts. Ich hatte zum Beispiel kein Fahrrad. Auf Maillico hatte jeder ein Fahrrad. Es war das ideale Fortbewegungsmittel auf unserer kleinen, flachen Insel mit ihren engen Straßen und Wegen. Nur ich hatte keins und musste immer zu Fuß laufen. Aber ich wusste mir zu helfen.

Eines Tages, da war ich so ungefähr zehn, bin ich mit meiner Mutter nach Whitehaven gefahren. Wir parkten unseren Pick-up vor dem Supermarkt, und obwohl die Autos da alle nicht doll waren, war unseres mit Abstand das gammeligste. Wenn es vorm Wohnwagen stand, erschien es schon kaum besser als die drei oder vier anderen Schrottkarren, die da rumstanden. Aber wenigstens fuhr es noch, zumindest wenn wir Benzin hatten.

Ich wollte mit in den Supermarkt kommen und den Einkaufswagen durch die Reihen voller Essen schieben. Aber meine Mutter wusste schon, dass es dann wieder Stunk geben würde, weil ich sie die ganze Zeit über anbetteln würde, dies oder das für mich zu kaufen. Ich würde eine Packung nach der nächsten in den Einkaufswagen werfen und sie würde mir hinterherrennen und rumbrüllen, dass ich alles wieder zurückstellen soll. Ihr Ziel war das Regal mit dem Bier. Deswegen sagte sie, ich solle sie in Frieden lassen und im Auto auf sie warten, und da antwortete ich ihr, wenn das so ist, würde ich lieber zu Fuß nach Hause laufen. Sie zuckte nur die Schultern: Fünfzehn Kilometer, dachte sie, das würde ich eh nie machen. Hätte ich aber, ich war ein guter Wanderer für mein Alter. Aber in diesem Augenblick sah ich das Fahrrad.

Es war ein Mountainbike, graumetallic, ein bisschen groß für mich, aber ein super Teil, fast neu und kein Vergleich zu dem ollen Ding, das ich einige Jahre zuvor gehabt hatte und dessen rostiges Gestell irgendwo auf unserem Gelände in seine Einzelteile zerfiel. Der Besitzer des Mountainbikes musste wohl befürchten, dass man es ihm klauen könnte, denn unter dem halben Dutzend Fahrräder vor dem Supermarkt war es das einzige, das angekettet war. Das Schloss war

35

aber ein Witz, nur ein dünnes Kabel. Ich holte die Zange aus dem Pick-up und schnitt es ohne Probleme durch. Niemand beobachtete mich dabei, aber als ich mit kräftigen Tritten in die Pedale vom Parkplatz fuhr, sah ich Mrs Kirby hinterm Steuer ihrer Karre, und die blickte mich bitterböse an. Ich bin mir sicher, dass sie mich verpfiffen hat.

Das Fahrrad war super: Es fuhr über Stock und Stein, hatte wahnsinnig viele Gänge, aber ich behielt es nicht lang. Dank Mrs Kirby oder einem anderen Arschloch tauchten die Bullen schon bald am Wohnwagen auf. Ich hatte das Fahrrad im Schuppen versteckt, aber da fanden sie es schnell, obwohl meine Mutter die ganze Zeit rumbrüllte und ihnen mit einer Klage wegen Hausfriedensbruch drohte. Lieutenant Brown, mit dem ich dann noch ein paar Mal das Vergnügen hatte, wedelte ihr mit einem Durchsuchungsbefehl vor der Nase rum. „Haben Sie sich gar nicht gewundert, wo Ihr Sohn so ein Luxusfahrrad herhat?", blaffte er sie an.

Meine Mutter antwortete ihm hämisch grinsend, dass sie mich nicht die ganze Zeit überwachen würde und dass es dem Blödmann, der sein „Luxusfahrrad" einfach so in der Gegend rumstehen ließe, ganz recht geschähe und man daraus ja wohl keine Staatsaffäre machen müsste, nur weil so'n Bengel mal 'ne Radtour machen wollte, und dass sie auch so genug Ärger am Hals hätte, ohne dass man sie mit so belanglosem Kram belästigen würde, und so weiter und so fort. Wenn meine Mutter erst mal in Fahrt war, war sie nur schwer zu bremsen.

Lieutenant Brown ließ sie unter bösen Blicken weiterreden. Sie haben das Fahrrad mitgenommen, und dann mussten wir zur Polizeiwache, ich erinnere mich nicht mehr, ob noch am gleichen Tag oder etwas später, um da irgendwelche Papiere zu unterschreiben und uns von Lieutenant Brown eine Moralpredigt anzuhören. Zu meiner Überraschung wurde vor allem meine Mutter angeschrien: Das hat sie so genervt, dass sie mir beim Rausgehen eine mega Ohrfeige verpasst hat. Sie schlug mich nicht oft, weil sie mich normalerweise gar nicht zu fassen kriegte, aber da war ich nicht drauf vorbereitet. Lieutenant Brown sagte noch zu mir: „Ich hoffe, das war dir eine Lehre." Und das war es tatsächlich, allerdings anders, als er dachte: Ich hörte zwar nicht auf zu klauen, aber ich passte besser auf, dass mich niemand dabei erwischte.

Bevor ich dieses Kapitel abschließe, möchte ich aber doch noch sagen, dass ich mich nicht als gemeinen Dieb betrachte. Ich weiß nicht so recht, wie ich es er-

37

klären soll, aber was ich klaute, klaute ich nicht, um fette Beute zu machen. Alles, was ich nahm, brauchte ich, und zwar gleich: Ich klaute Lebensmittel, um zu essen, Autos, um wegzukommen, MP3-Player, um Musik zu hören, Computer, um was zu lernen, Schlafsäcke, um nachts nicht zu frieren. Und Flugzeuge, um zu fliegen, aber die Flugzeuge sind wohl ein Kapitel für sich, glaube ich.

Die Flugzeuge

Auf Maillico Island und den anderen Inseln der Meeresenge gibt es Flugplätze. Die Leute mit der fetten Kohle kommen mit dem Flugzeug, manchmal nur fürs Wochenende. Die Reichsten der Reichen haben ihre eigenen Maschinen. Kleine Flugzeuge natürlich, von Einsitzern wie der Rans Courier bis hin zu De Havilland Dashs, die fünfzehn Leute transportieren können. Der Himmel surrt nur so vom Hin und Her dieser Vögel, die die Inseln mit dem Rest der Welt verbinden. Seit ich denken kann, starrte ich ihnen mit offenem Mund hinterher. Fragt mich nicht warum, keine Ahnung. Vielleicht, weil ich mir mit der Zeit auf der kleinen Insel eingeschlossen vorkam. Und dieses Gefühl mochte ich noch nie. Schon im Wohnwagen fühlte ich mich immer eingeengt: Er war klein, so viel ist sicher, und dann ließ meine Mutter noch überall ihren Krempel rumfliegen. Ich hatte ein winziges Zimmer, eigentlich nicht viel mehr als eine Ecke, die mit einer Falttür vom Küchen-Ess-Wohnzimmer abgetrennt war. Darin standen ein schmales Bett, ein Schrank und ein Regal. Wie ich schon sagte, war ich groß und kräftig und zappelig, und so stand ich mir oft selbst auf den Füßen. Und das war auch der Grund für meine ausgedehnten Spaziergänge in den Wäldern. Aber irgendwann reichte mir das nicht mehr. Ich kannte die Insel in- und auswendig, und die Leute kannten mich. Nach der Geschichte mit dem Fahrrad kamen noch ein paar andere Sachen dazu, und schon bald hatte ich einen echt schlechten Ruf weg in unserer Gegend. Die Leute gingen mir auf den Keks, ich wollte über den Wolken schweben und sie mir von oben ansehen, von ganz oben, bevor ich ins Ungewisse davonfliegen würde.

Ich kannte die Modelle aller Maschinen, die den Himmel von Maillico kreuzten, ich erkannte sie allein an ihrer Silhouette, die sich durch die Wolken abzeichnete. Aus der Bibliothek von Whitehaven hatte ich mir ein Buch ausgeliehen, aus dem ich die Flugzeuge abmalte, und mit den Zeichnungen tapezierte ich die Wände meines Zimmers. Das Buch durfte ich mitnehmen, obwohl ich keinen Leihausweis hatte, aber Mrs Danes erlaubte es mir trotzdem, und ich behielt das Buch lange, viel länger, als sie es gesagt hatte. Erst als ich alle Flugzeuge abgezeichnet hatte und ihre technischen Daten und Besonderheiten auswendig kannte, brachte ich es zurück.

Ich hatte auch eine ansehnliche Sammlung an Modellflugzeugen, die ich in Reih und Glied auf dem kleinen Schrank und im Regal aufstellte. Das erste schenkte mir Mike: eine Messerschmitt. Jahrelang war es mein einziges, bis ich in Whitehaven den Laden entdeckte, der sie verkaufte: Ich klaute eine Fokker, eine japanische Zero und eine zweite Messerschmitt. Und einmal hatte meine Mutter tatsächlich an meinen Geburtstag gedacht und mir eine P-38 Lightning und eine SPAD gekauft. Als es mir dann gelang, an Geld zu kommen, vervollständigte ich meine Sammlung: Zum Schluss hatte ich achtundzwanzig unterschiedliche Modelle. Aber auch wenn ich Stunden damit verbringen konnte, sie bis ins letzte Detail zu studieren – ich wollte mehr.

Und so fing ich an, sooft ich konnte, auf dem Flugplatz rumzulungern, vor allem freitags. Ich sah zu, wie die kleinen Maschinen abhoben und landeten und all die Touristen von A nach B brachten. Die Piloten erkannten mich irgendwann wieder, manche waren sogar richtig freundlich zu mir und beantworteten mir meine Fragen und erlaubten, mir ihre Flugzeuge aus der Nähe anzusehen.

Ich erinnere mich noch an das erste Mal, als einer von ihnen mich ins Cockpit hat klettern lassen. Es war eine Cessna 340S, mit der der Typ häufig zwischen der Insel und dem Festland hin und her pendelte. Seine Eltern hatten eine erstklassige Hütte in Asten Bay, gar nicht weit von uns entfernt. Der Kerl – er hieß Peter – war jung, fünfundzwanzig, höchstens dreißig Jahre alt, und das Flugzeug gehörte ihm. Selbst. Persönlich. Er nutzte es für Rundflüge und um Sachen zu transportieren.

„Was für Sachen?", fragte ich ihn.

Peter lachte und sagte: „Na ja, eigentlich die Sachen meines Vaters."

Ich wusste damals schon, dass man seinen Wettlauf durchs Leben unter unterschiedlichen Voraussetzungen startet – und er war mir wirklich hundert Millionen Kilometer voraus. Abgesehen davon war er ein netter Kerl: Er setzte mich in den Pilotensessel und zeigte mir die verschiedenen Knöpfe. Ich war fasziniert vom Armaturenbrett und ich versuchte, seinen Erklärungen zu folgen und sie mir zu merken. Und da hat er mir eine Sache gesagt, die ich niemals vergessen werde: „Ein Flugzeug zu fliegen, hat den Anschein kompliziert zu sein, aber eigentlich kann das jeder, vorausgesetzt, er hat keine Angst vorm Abheben." Später merkte ich, dass es nicht ganz so einfach war, aber im Großen und Ganzen lag er gar nicht so falsch.

Als ich Peter kennenlernte, war ich noch ein Kind, das vor sich hin träumte und von Zeit zu Zeit eine

Fliegerzeitschrift aus dem Clubhaus des Flugplatzes mitgehen ließ. Aber nur ein paar Jahre später, auf der Flucht vor der Polizei, habe ich mich ernsthaft mit dem Fliegen beschäftigt und landete tatsächlich am Steuer eines Flugzeugs. Und das, das war wirklich der beste Augenblick in meinem ganzen Leben. Aber ich sollte bei der Sache bleiben und die Dinge nacheinander erzählen. Bevor ich also im Cockpit der geklauten Cessna saß, hatte ich noch viel Zeit für anderen Blödsinn. Und deswegen beende ich hier das Kapitel über Flugzeuge, auch wenn ich noch seitenlang weiterschreiben könnte.

Auf der Flucht

Nach der Geschichte mit dem Fahrrad hab ich nicht aufgehört, Sachen zu klauen. In der Schule klaute ich Filzstifte, um meine Flugzeuge malen zu können, Essen und Geld aus den Taschen der anderen, unterschiedliche Dinge, die mir gut gefielen, wie zum Beispiel das Poster im Flur, das Maillico aus der Vogelperspektive zeigte. Das hängte ich in meinem Zimmer an die Wand zwischen all die Zeichnungen und Fotos von Flugzeugen. Ich sammelte auch 'ne Menge Zeug auf, das die Leute in ihren Gärten vergessen hatten: Roller, Bälle, Baseballkappen, Werkzeuge …

In den Geschäften klaute ich vor allem Essen. Die Kaufhausdetektive hatten mich im Blick, und es war eindeutig riskanter, sich dort zu bedienen als aus der Kühltruhe der Danes, was ich nach wie vor regelmäßig tat. Allerdings wollte ich die Danes nicht ausnutzen, wo sie doch eigentlich ziemlich cool zu mir waren, und so ging ich zum Klauen immer öfter in Supermärkte. Als ich so zwölf wurde, fing ich an, auch Klamotten zu klauen. Als ich noch kleiner war, war es mir echt egal, wie ich rumlief, und denen, die sich über meine ollen

Fetzen lustig machten, haute ich eine rein. Aber in der High School war es mir peinlich, wie der letzte Penner auszusehen. Zum Glück lernte ich da Bronco kennen, und mit seiner Hilfe konnte ich mich mit allem ausstatten, was ich brauchte. Wenn ich irgendwas in den ganzen Jahren auf der High School gelernt habe, dann, wie man richtig klaut, und ich gebe zu, dass Bronco ein exzellenter Lehrer war. Da man ihn in sämtlichen Läden von Westwood inzwischen auf dem Kieker hatte, lag die Ausführung in meinen Händen. Während Bronco die Verkäufer und Kaufhausdetektive ablenkte, räumte ich in aller Ruhe den Laden aus. Außer Klamotten klauten wir vor allem Sonnenbrillen, CDs und Videospiele. Wir liehen uns auch Autos. Bronco hatte sie in null Komma nichts kurzgeschlossen, und ich wurde mit der Zeit auch immer besser. Wir machten kleine Spritztouren, aber niemals wirklich große. Eigentlich wollten wir einfach nur nicht aus der Übung kommen. Und danach stellten wir die Autos irgendwo in einem stillen Winkel ab.

Ich wurde trotzdem immer öfter geschnappt, und dann ging jedes Mal wieder derselbe Zirkus von vorne los: Lieutenant Brown bestellte meine Mutter ein, las uns die Leviten, und das mit der Zeit immer lustloser, und danach bekam ich Sozialarbeitsstunden aufgebrummt und man warnte mich, dass ich, sollte ich so weitermachen, eine richtige Verurteilung riskieren würde. Ich zuckte nur die Schultern und absolvierte so unwillig wie möglich meine Strafe. Ich packte in den Geschäften, die ich beklaut hatte, Kisten aus, ich putzte in der Schule oder erledigte kleine Arbeiten bei den Leuten, die ich zuvor ausgenommen hatte. Ein paar Mal war ich auch in Harvey Juvenile Hall, einer Besserungsanstalt für jugendliche Straftäter. Dort verhielt ich mich ruhig und neben diesen ganzen Schlägertypen, die dort einsaßen, galt ich als umgänglich. Nach zwei, drei, höchstens vier Monaten ließ man mich wieder nach Hause.

Aber meine Polizeiakte wurde immer dicker, und als ich fünfzehn wurde, durfte ich nicht mehr auf Nachsicht hoffen, die man Kindern noch entgegenbringt. Ich bekam eine Vorladung vors Gericht und ich wusste, was mich erwarten würde: Man würde mich in ein Erziehungsheim stecken, das sehr viel weniger cool war als Harvey Juvenile Hall, und für sehr viel längere Zeit. Am Vorabend des Tags, an dem ich mich in Seattle dem Jugendrichter hätte vorstellen sollen, haute ich einfach ab.

Es war Juli. Kein Problem also, draußen zu leben. Ich packte meinen Schlafsack, was zu essen, meine

46

Taschenlampe und verschwand in den Wäldern. Für meine Mutter kritzelte ich noch eine kurze Nachricht hin: *Ich hab keine Lust, mich einsperren zu lassen, lieber tauche ich unter. Ich komm schon durch, mach dir keine Sorgen.* So was in der Richtung eben. Ich wusste sowieso, dass sie sich um mich keine Sorgen machen würde, aber ... okay. Ich wusste auch, dass sie den Bullen gegenüber dichthalten und nicht verraten würde, dass ich noch in der Gegend war. Sie hatte zwar ihre Fehler, aber sie würde mich niemals verpfeifen. Sie würde eher damit klarkommen, monatelang nicht zu wissen, wo ich war, als mit der Polizei zusammenzuarbeiten, da war ich mir sicher.

Dieser erste Sommer auf der Flucht war gut. Ich fand ein prima Eckchen in der Nähe von Blue Moon Beach, etwa zwei Kilometer vom Strand entfernt im Landesinneren. Da gab es riesige Zedern mit langen, geraden Ästen, über die ich Plastikplanen hängte. Die hatte ich mal von irgendwelchen Holzstapeln geklaut, und schon hatte ich eine Schutzhütte, wenn es mal regnete. Auf dem Boden wuchs weiches Moos, das gar nicht so unbequem war, nachdem ich die Kiesel und Zweige weggefegt hatte. Nachts schlich ich zu den Nobelhütten von Blue Moon Beach und nahm Zeugs mit, das ich für meine Einrichtung brauchte: Liegestuhlauflagen, ein Handtuch, Zeitschriften, Werkzeug, einen Gaskocher. Von Zeit zu Zeit zog ich mit meinem Camp um, damit man mich nicht bemerkte. Die Polizei hatte Suchanzeigen an allen Bushaltestellen aufgehängt, drei oder vier riss ich auf der Cassidy Lane und dem West Maillico Drive wieder runter, allerdings vermutete ich, dass die ganze Insel damit plakatiert war. Irgendwie war es komisch, mein Gesicht auf diesen Anzeigen zu sehen. Das Foto war schon zwei Jahre alt und während einem meiner Aufenthalte in Harvey Juvenile Hall entstanden, und zum Glück erkannte man mich darauf nicht besonders gut.

Ich verbrachte den ganzen Sommer in den Wäldern. Regelmäßig baute ich mein Camp an anderen Orten auf und setzte alles daran, dass man mich vergaß. Ich lief frühmorgens an den Strand, noch bevor die Touristen auftauchten, um ein schnelles Bad zu nehmen. Ich geb zu, ich bin kein großer Fan von Wasser, vor allem nicht, wenn es so kalt ist wie hier. Tagsüber verhielt ich mich ruhig, ich las in den Magazinen, räumte meinen Unterschlupf auf oder hielt Ausschau nach Orten, wo es interessante Dinge zu finden gab. Da war zum Beispiel eine Familie, die immer, wenn sie nachmittags zum Strand fuhr, den Haustürschlüssel unter einem Blumentopf versteckte. Da wartete ich

48

einfach, bis sie weg waren, und schlich mich dann in ihre Küche. Ich passte schon auf, dass ich nicht so viel fraß, dass es ihnen aufgefallen wäre. So kam ich gute zwei Wochen lang dank dieser Leute über die Runden. Andere schlossen nachts ihre Türen nicht ab, und wenn sie keinen Wachhund hatten, hieß das für mich: freie Bahn bis zum Kühlschrank! Ich fand es lustig, mir vorzustellen, was sich am nächsten Tag für Szenen abspielen mussten.

„Wer hat den Käsekuchen aufgegessen? Das warst doch du, John (oder Mark oder Julie), gib's zu!"

„Nee, Mama, ich war's nicht, ich schwör's!"

„Na klar, der Kuchen hat sich vermutlich ganz von allein in Luft aufgelöst. Du hältst mich wohl für komplett verblödet. Und obendrein lügst du noch!"

Und dann heult das Kind: „Ich war's wirklich nicht, echt nicht!"

Ich hab aber nie was Wertvolles geklaut. Schließlich wollte ich nicht, dass die Leute zur Polizei rennen und der Verdacht auf mich fällt.

Im September sind die Touristen dann wieder abgezogen. Die schönen Häuser am Meer waren leer und verschlossen, und die allermeisten blieben es für eine lange, lange Zeit. Als es anfing zu regnen und kälter wurde, hatte ich lediglich die Qual der Wahl, in welches der Häuser ich einziehen wollte. Ein paar oberschlaue Journalisten haben mich deswegen mit Goldlöckchen verglichen, wie die aus dem Märchen von Goldlöckchen und den drei Bären, weil ich einfach in die Häuser anderer Leute gezogen bin. Da kann ich nur lachen, wie man auf so einen hirnverbrannten Blödsinn kommen kann, weder hab ich irgendwas mit einem goldlockigen Mädchen gemein noch hab hier jemals auch nur ein Fitzelchen von einem Bären gesehen. Also, doch, einmal hab ich einen gesehen, aber das war viel später und auch nicht in einem Haus, und ich kann euch sagen, ganz bestimmt hab ich nicht so reagiert wie dieses beknackte Goldlöckchen, das brüllend abgehauen ist, als die Bären auftauchten. Aber da sind wir noch lange nicht: Jetzt will ich erst noch von dieser ersten Flucht erzählen, wie sie ablief und ... wie sie endete.

Das Ende meiner ersten Flucht

Ich hatte mich zunächst in einer alten Villa nahe der Elger Bay niedergelassen. Es war ein sehr schönes Haus, innen ganz in Weiß und Blau, mit gemütlichen Möbeln, einer vollgestopften Speisekammer und einem riesigen Fernseher im Wohnzimmer. Eine weiß gestrichene Holztreppe führte ins obere Stockwerk, wo die Schlafzimmer lagen. Es waren vier und ich suchte mir das schönste aus, das von den Eltern. Ohne Schwierigkeiten fand ich den Sicherungskasten – und so hatte ich alles, was ich brauchte.

Ich liebte dieses Haus. Noch nie zuvor hatte ich an einem so wunderbaren Ort gelebt, allerdings kannte ich zu diesem Zeitpunkt auch nur den abgewrackten Wohnwagen meiner Mutter und die Harvey Juvenile Hall, es war also nicht so verwunderlich, dass ich von einer solchen Hütte schwer beeindruckt war. Ich mochte aber auch die Bewohner sehr gern. Nicht dass ich sie je getroffen hätte. Aber irgendwie hatte ich trotzdem das Gefühl, sie zu kennen. Es ist schon verrückt, was man alles über die Leute erfährt, wenn man in ihrem Haus wohnt. Sie hießen Mac Avoy, das stand auf dem Briefkasten und auf dem ganzen Papierkram, den ich fand. Die Fotos im Haus zeigten sie als glückliche, gesunde Familie: ein nicht mehr ganz junges Ehepaar in ihren Vierzigern mit drei unterschiedlich alten Kindern. Auf den neueren Fotos werden sie so zwischen zehn und vierzehn Jahre alt gewesen sein. Der Vater war ein Blonder mit Brille und schüchternem Lächeln. Seine Frau hingegen, brünett, sehr schlank, mit einer langen Nase, machte einen selbstbewussten und fröhlichen Eindruck. Die Familie Mac Avoy mochte Monopoly und Dame, Gene-Kelly-Filme, die Serie *24*, Windsurfen, Einrichtungsmagazine, Mais in Dosen, Mangos in Sirup, elektrische Zahnbürsten, Patchwork-Überdecken auf den Betten, Tassen mit lustigen Bildern drauf und Bilder von Schiffen. Der älteste der Jungs hatte super Computerspiele und ich verbrachte eine Menge Zeit an der Konsole. Es war ein älteres Modell, das neuere hatte er bestimmt mitgenommen. Aber mir reichte die alte Konsole völlig aus, vorher hatte ich ja gar keine gehabt.

Nach einigen Wochen fühlte ich mich in der Villa so zu Hause, dass ich mir fast einbildete, zur Familie Mac Avoy dazuzugehören. Ich hatte inzwischen so meine

Angewohnheiten, und ich wäre echt gern geblieben, aber ich wusste, dass das nicht sehr schlau wäre. Bevor ich das Haus verließ, räumte ich so gut ich konnte auf und verklebte die Scheibe, die ich beim Einstieg kaputt gemacht hatte. Ja, die Mac Avoys fand ich echt nett. Deswegen klaute ich auch nichts von ihnen, als ich abhaute.

Danach versuchte ich, ein Haus bei Crescent Beach zu besetzen, aber es gelang mir nicht, die Heizung zum Laufen zu bringen, also blieb ich nicht lang. Ich stieg in mehrere Häuser ein, mal an der Ostküste, mal an der Westküste. An eines erinnere ich mich gut, es war super modern und luxuriös. Es hatte einen Whirlpool, in dem ich oft saß und Saft schlürfte: Das war große Klasse! Die Besitzer mussten stinkreich sein, denn es lagen überall teure Sachen rum: eine Digitalkamera, zwei Laptops, Schmuck, der zwar nicht echt, aber trotzdem kostspielig aussah, Markenklamotten. Da wäre ich gern eine Zeit lang eingezogen, obwohl das Haus längst nicht so gemütlich war wie das der Mac Avoys, aber dann dachte ich mir, dass in solchen Nobelhütten bestimmt früher oder später ein Wachmann oder eine Putzfrau vorbeikommen würde, und so suchte ich mir eine bescheidenere Bleibe. Bevor ich ging, nahm ich ein paar Klamotten, einen Laptop und eine Kreditkarte, die ich in einer Jackentasche fand, mit. Solche Leute haben zig Bankkonten und Kreditkarten, ob da eine fehlt oder nicht, fällt denen gar nicht auf.

Die Kreditkarte hab ich sofort ausprobiert. An der Kreuzung Wild Ridge und der Verbindungsstraße gab es eine Bushaltestelle und eine Telefonzelle. Ich rief beim Pizzaservice an und bestellte eine große Chorizo-Pizza. Der Typ fand die Lieferadresse zwar etwas ungewöhnlich, aber eine halbe Stunde später war er da auf seinem Motorroller. Als ich sah, dass er ohne Wenn und Aber die Pizza abstellte, kam ich hinter dem Bushäuschen hervor: Offenbar hatte die Zahlung mit der Kreditkarte bestens funktioniert. Ich gab dem Kerl sogar 'nen Dollar Trinkgeld. Er hat mich noch nicht mal besonders beachtet, er hat wohl keinen Zusammenhang gesehen zwischen dem Typen, der an der Bushaltestelle Lust auf 'ne Pizza hat, und dem Foto auf den Suchanzeigen, falls von denen überhaupt noch so viele hingen. Sobald er weg war, lief ich in den Wald, um meine Pizza zu vertilgen. Nach all den Maiskonserven und Nudeln, von denen ich gelebt hatte, seit ich auf der Flucht war, kam mir diese Pizza noch köstlicher vor als sonst.

Es war großartig, dank dieser Kreditkarte konnte ich nun bestellen, was ich wollte. Ich begnügte mich mit Dingen, die nicht allzu teuer waren, damit dem Besitzer der Karte nicht gleich auffiel, wie ich ihn ausnahm. Und es war natürlich ziemlich riskant, sich die Sachen liefern zu lassen, denn so konnte mein Versteck leicht auffliegen. Aber die Versuchung war zu groß: Ich bestellte mir ein Infrarotfernglas, ein GPS-Gerät, Flugzeug-Zeitschriften und eine Software, mit der man Spuren im Internet löschen konnte.

Im Winter verbrachte ich mehr und mehr Zeit vor den Computern der Häuser, die ich besetzte, manchmal ganze Tage und Nächte. Auf diese Weise lernte ich eine Menge interessanter Sachen, vor allem über Flugzeuge. Ich bestellte ein Piloten-Handbuch, das ich von der ersten bis zu letzten Seite durcharbeitete. Das ist schon komisch, wo ich doch in der Schule nie Bock auf Lernen hatte: Jetzt verstand ich sogar die kompliziertesten Zusammenhänge. Ich nehme mal an, das war es, was die Lehrer meinten, wenn sie in meine Zeugnisse schrieben, ich würde mein *Potenzial nicht ausschöpfen.*

Online fand ich auch Flugsimulatoren und trainierte wie ein Verrückter, vor allem an Cessnas. Deshalb klaute ich dann auch, als ich vor der Wahl stand, eine Cessna. Es war genial, fast wie echt: Ich saß im Cockpit, lenkte meine Maschine in den weiten Himmel, rasierte die Gipfel der Berge, trudelte im Sturzflug hinab und richtete sie erst im letzten Augenblick wieder auf, um dann an engsten Stellen sicher zu landen. Ich wurde immer besser. Gut, ich gebe zu, dass es hinterm Steuerknüppel der echten Maschine nicht ganz so gut lief, aber vor dem Bildschirm war ich unschlagbar.

Ich war die ganze Zeit über völlig allein, aber das machte mir nichts aus. Meine Flucht dauerte sieben Monate, von Juli bis Februar. In diesen sieben Monaten bin ich dreimal beim Wohnwagen gewesen, wenn ich mich richtig erinnere. In einer Garage hatte ich ein super Mountainbike gefunden, noch besser als das, das ich mit zehn vor dem Supermarkt geklaut hatte. Damit machte ich eines Abends einen Abstecher in die Cassidy Lane. Ich hatte Angst, auf Dave zu stoßen, einen Typen, den meine Mutter vor einiger Zeit an Land gezogen hatte, aber sie war allein und auch nicht mehr ganz nüchtern, wie eigentlich immer um diese Tageszeit. Sie schlürfte gerade ein paar Bierchen vor der Glotze und schien ganz froh, mich zu sehen. „Ach, treibste dich immer noch hier in der Gegend rum?", schnarrte sie. „Lieutenant Brown glaubt, dass du aufs Festland rübergemacht hast, wo se dich hier nicht erwischen konnten."

„Nee, Mum, ich war die ganze Zeit auf Maillico, ich bin halt schlauer als sie", sagte ich.

Da lachte sie und erzählte dann, dass ihr die Polizei mit dämlichen Fragen mächtig auf die Nerven gegangen war: ob ich angerufen hätte, ob sie eine Idee hätte, wo ich mich aufhalten könnte. Selbstverständlich hat sie sie hingeschickt, wo der Pfeffer wächst. Ich trank ein Bier mit ihr, obwohl ich das gar nicht so mochte, und dann legte ich mich in meine Ecke schlafen. Nach all den schicken Häusern kam mir unser Wohnwagen echt winzig, schäbig und runtergekommen vor, und so froh, wie ich gedacht hatte, war ich gar nicht, meine Sachen wiederzusehen.

Als ich das nächste Mal kam, war Dave da, und da blieb ich nicht über Nacht. Wir haben uns einfach nie gut verstanden, Dave und ich, er war so überhaupt nicht wie Mike. Dave ist wie meine Mutter, er raucht pausenlos, kippt ein Bier nach dem andern und schimpft auf alles und jeden. Seit er in den Wohnwagen eingezogen war, sah es da noch ekliger aus. Aber ich glaube, weil er eine kleine Invalidenrente bekam, war es o. k. für meine Mutter, dass er da wohnte. Dabei sah er nicht besonders toll aus oder so: Mit seinem langen, mageren Körper und den grauen, fettigen Haaren, die ihm über die Schultern hingen, wirkte er wie eine alte

Hexe. Aber eigentlich konnte er mir sonst wo vorbeigehen.

Das letzte Mal, als ich am Wohnwagen war, verbrannte Dave irgendwelche Sachen in einem Winkel des Schrottplatzes, der unser „Garten" war, und es stank bestialisch. Der Atem meiner Mutter stank genauso. Sie hatte einen ihrer ganz schlechten Tage, das merkte ich sofort. Sie sagte noch nicht mal Danke für den Whisky und die Konserven, die ich ihr mitbrachte. Dabei war es ein guter Whiskey aus der Bar der Nobelvilla, die ich gerade besetzt hatte, und die Flasche war kaum angebrochen.

„Komm nicht mehr her, Harrison", maulte sie mich an. Sie nannte mich immer Harrison, nie Harry. „Lieutenant Brown war schon wieder hier und hat mich wegen dir mit 'ner Menge Scheiße genervt. Aber ich will meine Ruhe, verstehste, das is alles, was ich will. Also hau endlich ab und mach dein Quatsch auf'm Festland, aber nicht mehr hier auf Maillico."

Dave kam angeschlurft und hackte auch auf mich ein, aber er hätte es besser gelassen, mir zu raten, dass ich mich der Polizei stellen soll, denn da bekam er was von meiner Mutter zu hören. Und ich zog es vor abzuhauen. Sollten sie sich doch anschreien, so viel sie wollten, aber ohne mich. Mir doch egal, dass Weihnachten war, Weihnachten ist schließlich auch nur ein Tag im Jahr wie alle anderen. Jedenfalls haben wir ihn nie besonders gefeiert, nicht mal, als ich klein war. Geschmückte Weihnachtsbäume, festliche Familienessen, Geschichten vom Weihnachtsmann und Geschenke im Stiefel, das war nicht so das Ding meiner Mutter, so viel ist sicher. Als Mike noch lebte, hatten wir wenigstens eine kleine weiße und bereits fertig dekorierte Plastiktanne, die er mitgebracht hatte. Die Tanne gammelte dann einige Monate in einer Ecke vor sich hin, bis meine Mutter sie rausschmiss, weil sie alles verstopfte. Ich holte sie dann ins Wrack des Chevrolet, weil ich sie so hübsch fand, und als Donut starb, pflanzte ich sie auf sein Grab. Ich glaub, ich hoffte, dass sie dort Wurzeln schlagen und wachsen und zu einem echten Baum werden würde wie in einer dieser beknackten Weihnachtsgeschichten, die uns in der Schule vorgelesen wurden, und das wäre dann ein Zeichen dafür, dass Donut gar nicht richtig tot war, aber das war natürlich komplett hirnrissig.

Um auf diesen Weihnachtstag vor drei Jahren zurückzukommen, kann ich noch erzählen, dass ich abhaute, ohne auch nur „Frohe Weihnachten" gesagt zu haben. Meine Mutter und Dave hatten vermutlich ohnehin nicht überrissen, welcher Tag eigentlich war. Als ich allerdings am Haus der Danes vorbeiradelte, sah ich, dass sich Mrs Danes dieses Jahr in punkto Dekoration wieder einmal selbst übertroffen hatte.

Zu dieser Zeit lebte ich in einer gar nicht so üblen Villa, die allerdings ziemlich abseits lag. Ich musste vorsichtig sein, weil über die Feiertage eine Menge Touristen in ihre Häuser zurückgekehrt waren. Ich erinnere mich, dass ich mir an diesem Abend einen großen Teller Spaghetti Bolognese kochte. Ich machte sogar eine Flasche Rotwein auf, aber nachdem ich mich gezwungen hatte, zwei Gläser voll zu trinken, hörte ich auf. Ich machte die Glotze an und es kam *Ist das Leben nicht schön?* Ich weiß, das ist DER Weihnachtsfilm überhaupt und jeder kennt ihn auswendig, aber ich hatte ihn noch nie gesehen, jedenfalls nicht ganz. Mir gefiel diese Geschichte von dem Typen, der sich umbringen will, und dem der Engel dann zeigt, wie seine Stadt aussehen würde, wenn er niemals gelebt hätte. Als der Kerl merkt, dass seinetwegen eine ganze Menge Sachen viel besser laufen und er echt was bewirkt hat, will er doch nicht mehr Schluss machen. Das hat mich richtig zum Nachdenken gebracht: Wenn es mich niemals gegeben hätte, was hätte das geändert?, fragte ich mich. Antwort: nichts. Meine Mutter würde weder mehr noch weniger saufen, und vielleicht würde Donut noch leben und ein Herrchen haben, das ihn gut ernähren und besser pflegen könnte, als ich es getan hatte. Und bei der Polizei von Maillico könnten sie eine noch ruhigere Kugel schieben. Das ist alles.

Ich geb zu, ich hab die Polizei von Maillico ganz schön in Atem gehalten. Mehrere Besitzer, deren Häuser ich im Herbst besetzt hatte, entdeckten meine Spuren, als sie Weihnachten zurückkehrten. Sie erstatteten Anzeige, gegen Unbekannt natürlich. Aber Lieutenant Brown konnte sich denken, dass ich dahintersteckte, und er setzte alles dran, mich zu schnappen. Und so haben sie mich dann am 18. Februar erwischt. Ich hatte mich in einer Villa an der Küste niedergelassen und zwei, drei Nächte lang ging alles gut: Ich stellte ohne Probleme den Strom an, hatte warmes Wasser ohne Ende und in meinem Zimmer gab es einen Fernseher, einen Computer und eine Playstation. Draußen war es kalt und ungemütlich, und so blieb ich lieber drinnen und vertiefte mich in den Flugsimulator *Flight Sensation*. Ich vergaß alles um mich herum, sogar das Essen, es gab nur mich und mein Flugzeug, weiter dachte ich nicht. Normalerweise passte ich immer auf, kein Licht zu machen, das man von der Straße aus hätte entdecken können, aber an diesem Abend war ich völlig ausgehungert und von meinem Spiel benebelt.

Ich lief in die Küche, da war es schon fast dunkel, und ich drückte den Lichtschalter. Schließlich war in dieser Gegend im Winter niemand, wer sollte das erleuchtete Fenster schon bemerken? Aber so wie's aussieht, hat es doch jemand bemerkt. Ich machte mir gerade zum Nachtisch einen Kakao, da erschreckte mich eine durchdringende Stimme aus einem Megafon. Es war Lieutenant Brown, der mich aufforderte, ohne Widerstand herauszukommen. Er hatte wohl Angst, dass ich bewaffnet sein könnte. Hätte ich auch, denn in vielen Häusern, in denen ich geschlafen hatte, hatte ich Knarren gefunden, meistens im Nachtkästchen versteckt. Aber ich nahm niemals eine mit. Ich wusste, dass mir eine Waffe nur Ärger einbringen würde. Und außerdem hatte ich gar keine Lust, eine zu benutzen. Nee, nee, ich hatte es schon immer bevorzugt, mich still und heimlich aus allem Schlamassel herauszuziehen, und das wollte ich auch jetzt tun. Doch als ich aus der Hintertür schlich, stürzten sich zwei Polizisten auf mich. Ich ergab mich sofort, ich sah ein, dass ich verloren hatte. Sie führten mich in Handschellen ab. Lieutenant Brown blickt mich ernst an. „Meine Güte", sagte er. „Nach all der Zeit, die wir dir nachgehetzt sind. Aber das ist jetzt vorbei, das garantier ich dir, mein Junge. Mit dem Stapel Anzeigen, die wir gegen dich vorliegen

haben, wirst du für ’ne ganze Weile nirgends mehr hin-
rennen, glaub mir.“ Aber dann seufzte er und schob
hinterher: „Das musste ja so enden. Ich werde deiner
Mutter Bescheid sagen.“

Und das wars, so endete meine erste Flucht.

Jetzt ist also das Jahr in Riverview dran, und ehrlich
gesagt hab ich gar keine Lust, davon zu erzählen, denn
es war das schlimmste Jahr meines Lebens. Deswegen
will ich mich damit gar nicht lang aufhalten und Seiten
und Seiten drüber schreiben. Es schien mir schon damals endlos und eigentlich gibt es auch kaum was
darüber zu sagen. Alle Tage waren gleich.

Von Riverview nach Mansfield

ch wurde wegen Diebstahls in mehr als zwanzig Fällen, einiger Einbrüche und wegen Kreditkartenbetrugs angeklagt. Ich bekannte mich schuldig und bekam drei Jahre aufgebrummt. Da ich erst sechzehn war, schickte man mich nicht ins Gefängnis, sondern in eine „geschlossene Hochsicherheitserziehungsanstalt", kurz gesagt: ein Gefängnis für Jugendliche. Es hieß *Riverview Youth Center* und das war ein echt dämlicher Name, *Riverview*, denn es gab nicht die geringste Aussicht, weder auf irgendeinen Fluss noch auf was anderes – außer auf die mit Stacheldraht geschmückte Mauer.

Sobald ich einen Fuß hineingesetzt hatte, wusste ich, dass ich hier schnellstmöglich wieder rauswollte. Zuerst schmiedete ich Fluchtpläne, aber ich merkte schnell, dass das alles keinen Zweck hatte: Dieser Ort hatte nicht umsonst „geschlossen" und „Hochsicherheit" im Namen. Außer nachts in der Zelle war man nie allein, ständig und überall wurde man von Lehrern,

Erziehern und Wachleuten beaufsichtigt. Ich kapierte schnell, dass man sich am besten ruhig und unauffällig verhielt, um bloß nicht aufzufallen. Viele Jugendliche markierten den Macker und verhielten sich untereinander und den Erwachsenen gegenüber aggressiv. Die würden hier ihre komplette Zeit absitzen und dabei vermutlich verschimmeln. Wenn man sich aber gut benahm, wurde man nach einem Jahr in ein weniger strenges Heim verlegt.

Und so machte ich, was immer man von mir verlangte: Ich besuchte die Kurse, die uns angeboten wurden, ich beantwortete die Fragen, die mir der Psychologe stellte, ich arbeitete in der Kunstwerkstatt, und das nicht mal unfreiwillig, und ich hielt mich aus Schlägereien raus.

Das war nicht immer leicht, denn es gab da ein paar knallharte Typen, die ständig Streit suchten. Um einige der Anführer bildeten sich Cliquen, die keine Gelegenheit ausließen, sich gegenseitig zu provozieren. Ich mischte mich da nicht ein und wenn man mir dumm kam, reagierte ich nicht. Im Großen und Ganzen ließen sie mich zufrieden, einerseits wegen meiner Körpergröße, andererseits, weil ihnen meine siebenmonatige Flucht einigen Respekt abforderte. Ich hatte keine Feinde, aber ebenso wenig hatte ich Freunde. Ich suchte auch keine, ich kannte es nicht anders, in der Schule war es ja auch schon so gewesen.

Komisch fand ich allerdings, dass ich hier nicht als Faulpelz oder Krimineller betrachtet wurde, sondern als Vorzeigeinsasse galt. Die Erzieher mochten mich, weil ich bei ihren Sachen mitmachte, und die Wachleute auch, weil ich nicht ständig Ärger machte. Und so ließen sie mich den Computer benutzen und ich konnte mich wieder in den unendlichen Weiten der Flugsimulatoren verlieren. Ich flog über den Wolken, überquerte die Ozeane, überwand Gebirge, ich genoss meine Freiheit – und vergaß, dass ich eingeschlossen war.

Das Jahr in Riverview kam mir endlos vor. Dabei war ich noch nicht mal schlecht dran. Da waren diese beiden anderen Jungs, an die musste ich seither oft denken. Alle beide hatten jemanden umgebracht und lebenslänglich bekommen, weil sie nach dem Strafgesetz für Erwachsene verurteilt wurden, nicht nach dem für Minderjährige. Der eine war allerdings erst vierzehn, als das passiert war. Joshua hieß er. Als ich ihn kennenlernte, war er schon fast zwei Jahre in Riverview. Er war klein und schwarz und schlank und wirkte viel jünger als er tatsächlich war. Allerdings hatte ihn das nicht davon abgehalten, einen Typen abzustechen, der gegen seinen großen Bruder ausgesagt und ihn hinter Gitter gebracht hatte. Das war echt der dümmste Fehler, den Joshua machen konnte, denn er hatte damit nicht nur das Leben des anderen, sondern auch sein eigenes total zerstört. Der Richter hatte ihn nicht eben gnädig behandelt und Joshua wusste, dass er vielleicht nicht bis an sein Lebensende, aber gut und gerne zwanzig, dreißig Jahre im Gefängnis verbringen würde. Dabei war er ein freundlicher, intelligenter Kerl, ein begabter Tänzer. Er machte Stepptanz. Wenn man ihn sah, musste man an die Musiker früher in New Orleans oder so denken. Als er so zehn, elf Jahre alt war, hatte er bei einem Casting mitgemacht und wurde unter Hunderten Bewerbern für eine Zahnpastawerbung ausgewählt, die im Fernsehen kam. Dann schloss er sich einer dieser Gangs in Seattle an, und danach ging's nur noch abwärts mit ihm.

Der andere war das komplette Gegenteil: ein Weißer, fast so kräftig wie ich und ein bisschen unterbelichtet. Der hatte zwei Typen auf dem Gewissen und war dabei so besoffen gewesen, dass er sich nicht mal mehr erinnern konnte, warum er auf sie gezielt hatte. Joshua und er waren im Gebäude B, dem am schärfsten bewachten, aber sie spielten nicht den Boss. Ich hab mich schließlich den beiden angeschlossen, weil sie zu den wenigen gehörten, die sich gut benahmen: Sie hatten keine Wahl, denn sie würden hier eine lange, sehr lange Zeit verbringen und wollten sich das Leben nicht noch schwerer machen als es ohnehin schon war.

Joshua klemmte sich mit großem Ernst hinter seine Bücher.

„Das ist das Einzige, was mir noch bleibt, mein Freund", sagte er einmal zu mir. „so viel wie möglich über alles Mögliche zu lernen." Er wusste, dass er mit achtzehn Jahren Riverview würde verlassen müssen, und davor hatte er Angst. „Deswegen versuche ich, hier noch mitzunehmen, was geht. Im Gefängnis ist es schrecklich", wiederholte er immer wieder. Er tat mir wirklich leid. Damals konnte ich ja noch nicht ahnen, dass mir irgendwann dasselbe bevorstehen würde. Ich glaubte, ich sei schlau genug, mich nie wieder schnappen zu lassen, und ich war fest davon überzeugt, dass ich nicht mehr lange hinter Schloss und Riegel sitzen würde.

Tatsächlich wurde ich nach etwa einem Jahr aufgrund guter Führung in ein weniger streng bewachtes Heim verlegt. *Mansfield School,* so hieß es, lag in einem Vorort von Seattle. Dort sollte ich also die restlichen zwei Jahre meiner Strafe verbüßen. Auch hier zog meine Strategie, ich zeigte mich harmlos und kooperativ.

Schon immer hatte ich ein gutes Gespür dafür gehabt, wie man das Misstrauen der Lehrer und Erzieher besänftigen konnte. Nach einigen Wochen ergriff ich die Möglichkeit zur Flucht: Mitten in der Nacht entwischte ich aus einem schlecht geschlossenen Fenster. In *Mansfield School* mussten wir keine grell orangefarbene Uniform tragen wie in Riverview, was es viel leichter machte, unauffällig zu verschwinden. Und genau das tat ich: Für die nächsten zwei Jahre verschwand ich.

Rückkehr nach Maillico

Nachdem ich die Gitter und Zäune hinter mir gelassen hatte, war ich nur noch von einem einzigen Gedanken besessen: Ich wollte zurück nach Maillico. Die Insel kannte ich wie meine Westentasche, ich wusste, wo ich mich verstecken und wie ich mich durchschlagen konnte. Außerdem wollte ich zum Wohnwagen, denn ich hatte meine Mutter seit vier Monaten nicht gesehen. Zu Weihnachten hatte sie mich in Riverview besucht – und das war's dann auch. Allerdings hatte ich Schiss, dass die Brücke, die die Insel mit dem Festland verband, überwacht wurde. Ich musste also auf dem Seeweg rüberkommen.

Wenn ich mich während meiner Gefangenschaft mit einer Sache ausgiebig beschäftigt hatte, dann mit der Geografie unserer Insel. Denn ich muss zugeben, dass ich außer der Insel gar nichts kannte, außer vielleicht Westwood, das auf der anderen Seite der Brücke liegt. Bevor ich nach Riverview kam, war ich zwei Mal in Seattle, das eigentlich nur sechzig Kilometer südlich von Maillico liegt. Falls ihr die Ecke nicht so genau kennen solltet: Seattle liegt an der Küste von so einer Art Meeresarm, um den sich eine Menge Inseln und Halbinseln tummeln. Dieses Inselgewirr grenzt an die Juan-de-Fuca-Straße, die die USA von Kanada trennt. Und eine dieser Inseln ist Maillico. Von Seattle aus musste ich also bloß ein Boot finden und dann drei, vier Stunden lang geradewegs an der Küste entlang nach Norden schippern, um nach Hause zu kommen.

Ich lief einen guten Teil der Nacht, weil *Mansfield School* etwas außerhalb der Stadt lag. Der Yachthafen war dann aber leicht zu finden, er war bestens ausgeschildert. Es war noch dunkel, als ich dort ankam, und das erlaubte mir, sofort mit der Suche nach einem geeigneten Boot zu beginnen. Zum Glück hatte mir Bronco, mein Kumpel von der *Westwood High School,* neben vielen anderen praktischen Dingen auch beigebracht, wie man einen Motor kurzschließt. Und bei Booten ist das sogar noch leichter als bei Autos, vor allem, wenn man ein einfaches, nicht zu neues Modell auswählt. Nachdem ich eine Weile am Anleger auf und ab gelaufen war, entdeckte ich eine Seaway, die genau meinen Vorstellungen entsprach. Es war so ein Boot, mit dem man zum Angeln auf die Meeresenge hinausfährt, mit einem 40-PS-Mercury-Motor aus den 90er

Jahren. Es war in keinem besonders guten Zustand und der Besitzer hatte nicht mal in eine anständige Kette zum Festmachen investiert. Ich machte die Halteleine los, dann bastelte ich am Motor herum, um den Sicherungsdraht herauszuziehen. Beim zweiten Versuch sprang der Motor an und ich verließ den Hafen ohne Probleme. Im selben Augenblick ging die Sonne auf.

Es war Ende April und ich erinnere mich, dass der Himmel ganz klar und hell war, ganz frisch. Ich drehte dem Hafen den Rücken zu und richtete den Bug nach Nord-Westen aus. Ich überholte einen alten Fischer, er hob seine Hand zum Gruß, aber ich beachtete ihn nicht. Einige Zeit lang flogen die Häuser von Seattle rechts an mir vorbei, und die Sonne blitzte immer wieder zwischen ihnen auf. Dann wurden es immer weniger und die Natur gewann die Oberhand. Zu meiner Linken, etwa drei Kilometer entfernt, verwandelte der Sonnenaufgang das westliche Ufer des Kanals in ein Flammenmeer aus Licht. Auf den Wellen schaukelten Möwen schlaftrunken auf und ab. Wenn ich angerast kam, schüttelten sie ihre Flügel und flatterten empört kreischend davon. Ich musste lachen vor Glück. Es mag komisch erscheinen für einen, der auf einer Insel aufgewachsen ist, aber ich hatte nicht oft Gelegenheit gehabt, mit einem Boot zu fahren, echt wahr. Manchmal, als Mike noch da war. Mike hatte ein kleines Boot, und einige Male führte er uns aus zu einer Spazierfahrt auf der Meeresenge. Allerdings nicht oft, weil meine Mutter es nicht mochte. Man sollte meinen, bei all dem Alkohol, den sie ohne Probleme in sich hineinkippt, hätte sie einen soliden Magen. Aber sie kann das Wasser nicht leiden. Sie sagte, sie würde für nichts in der Welt ihren Wohnwagen mitten im Wald gegen eine Villa am Strand eintauschen. Ich weiß nicht, ob sie überhaupt schwimmen kann, ich hab's jedenfalls nie richtig gelernt, aber ich kann mich einigermaßen über Wasser halten.

Auf dem Schiff fühlte ich mich wohl. Ich fuhr nicht sehr schnell, denn der Mercury war etwas schwach auf der Brust, aber es reichte, um den Wind im Gesicht zu spüren. Ist euch schon mal aufgefallen, dass sich so eine Brise Wind im Gesicht wie Freiheit pur anfühlt? Jedenfalls ging es mir so auf diesem abgefuckten Boot. Nach diesen langen Monaten in Riverview und Mansfield School, in denen ich immer machen musste, was man mir sagte, immer in Reih und Glied stehen musste mit den anderen, immer beobachtet wurde von Erziehern und Wachleuten, war es einfach wunderbar, so allein übers Meer zu schweben.

Als ich an der Spitze von Whidbey Island vorbeikam, war ich einen Augenblick lang versucht, einfach weiterzufahren, immer westlich die Meeresenge entlang bis zum Pazifik. Das war natürlich völlig beknackt, und sicherlich war nicht genügend Diesel im Tank, um das offene Meer überhaupt zu erreichen. Ich wendete das Boot also in den Meeresarm, der nach Maillico führte, und eine halbe Stunde später fuhr ich ganz nah an Ferndale Point vorbei. Ich hatte die Insel noch nie aus diesem Blickwinkel gesehen, und das war wie, sagen wir mal, die Verkäuferin aus dem Supermarkt am Strand zu treffen: Man erkennt das Gesicht, kann es aber so aus dem Zusammenhang gerissen beim besten Willen nicht zuordnen. Ich bin dann nördlich von Bretton Creek, einem felsigen und verlassenen Ort, an Land gegangen. Das Boot überließ ich der Strömung in der Hoffnung, dass sie es möglichst weit wegtreiben würde.

Ich war halb verhungert und der Gedanke an die gute alte und vor allem proppevolle Tiefkühltruhe der Danes machte mich fast wahnsinnig. Aber es wäre äußerst unvorsichtig gewesen, in die Gegend des Wohnwagens zu laufen. Sicherlich hatten die Cops schon Wind von meinem Ausbruch bekommen. Lieber lief ich zu Mrs Collins, meiner Grundschullehrerin. Es war Donnerstag und sie musste im Unterricht sein: Das Haus war leer und ich konnte ohne Zwischenfälle die Hintertür mit einem Spaten, den ich im Garten fand, öffnen. Der Kühlschrank war eine einzige Enttäuschung, aber ich fand doch genug, um über die nächsten zwei, drei Tage zu kommen.

Damit nistete ich mich in einer kleinen, hässlichen Villa ein, die einen seit Jahren unbewohnten Eindruck machte. Es roch muffig und die meisten Lebensmittel waren schon vergammelt. Aber ich suchte ein diskretes Versteck. Denn mein Entschluss stand fest: Der Polizei wollte ich keinesfalls mehr in die Hände fallen.

So war ich also wieder auf der Flucht. Anfangs fand ich es noch merkwürdig, wieder frei und allein zu sein. Ich hatte mich an das Leben in Gemeinschaft und mit vorgeschriebenen Tätigkeiten zu bestimmten Uhrzeiten gewöhnt. Verrückt, aber die Leute fehlten mir fast. Ich dachte an Joshua und seinen Kumpel, diesen Bauerntrampel, die immer noch in Riverwiew eingeschlossen waren, und ich vermisste sie. Und auch die anderen, weniger sympathischen Typen, sogar die Wärter, die vermisste ich auch. Ich war echt aus der Übung.

Ich wartete etwa zehn Tage, bevor ich es wagte, zum Wohnwagen zu schleichen. Ich näherte mich so leise ich konnte, aber ich entdeckte nichts Verdächtiges: Die Polizei war sicherlich schon da gewesen, aber natürlich konnte sie nicht Tag und Nacht Wache stehen. Dafür war diese Missgeburt Dave da. Er bastelte am Motor des Pick-ups rum.

„Hallo, Dave", begrüßte ich ihn, und er richtete sich so schnell auf, dass er sich die Birne an der Motorhaube stieß. Ich musste grinsen, aber er lachte nicht.

„Oh Scheiße, ey, Harry, du kommst echt hierher?", maulte er rum. „Hast du keinen Anstand im Leib? Lieutenant Brown ist auf Habacht, der hört gar nicht mehr auf, uns zu nerven."

Ich zuckte nur die Schultern, ohne ihm zu antworten. In dem Moment kam meine Mutter aus dem Wohnwagen, die Kippe in der einen Hand und eine Tasse Kaffee in der anderen. Es war, wie ich schon sagte, Monate her, seit ich sie zuletzt gesehen hatte, und es schockierte mich echt, wie alt und runzlig sie in der Zwischenzeit geworden war. Gut, man muss sagen, dass sie nicht mehr ganz jung war. Sie hatte mich spät bekommen, nachdem sie eine Weile mit einer Gruppe Hippies in Seattle abgehangen hatte. Erst kurz nach meiner Geburt ist sie nach Maillico in den Wohnwagen gezogen, zusammen mit diesem Typ, meinem Vater.

„Harrison, steh nicht draußen rum, komm rein und trink 'n Kaffee mit mir!", rief sie mir zu.

Ihre Haare waren grau und verfilzt und ihr Kleid war auch nicht mehr frisch, aber sie schien nüchtern und gut gelaunt zu sein. Sie lächelte, als ich ihr von meiner Flucht aus Mansfield erzählte.

„Du bist echt ein helles Köpfchen, Harrison", sagte sie. „Viel zu schlau für all diese Blödmänner. Gut, dass du abgehauen bist, aber jetzt musste wirklich aufpassen, dass se dich nicht wieder schnappen. Hier kannste nich bleiben, weil mich die Polizei auf'm Kieker hat."

„Okay, Mum", sagte ich. „Ich wollte auch nur kurz vorbeischauen und dir Hallo sagen, damit du dir keine Sorgen um mich machst."

Das hätte ich nicht sagen sollen. Plötzlich bekam sie wieder ihre fiese Laune.

„Wieso sollte ich mir um dich Sorgen machen, hä?", brüllte sie. „Nee, echt, ich hab schon genug andere Sorgen. Der Pick-up läuft nicht mehr, die scheiß Steuereintreiber nerven mich und die olle Pute Jercinski von nebenan ärgert mich auch die ganze Zeit …"

Sie war so richtig in Fahrt, und ich zog es vor, in mein altes Zimmer zu verschwinden: Meine Zeichnungen und die Poster waren noch alle da, meine Flugzeugmodelle ebenfalls, aber überall lag ein Haufen Krempel rum und es sah eher aus wie eine Müllkippe.

Ich aß mit ihnen: Rührei mit Zwiebeln, die Krönung der warmen Küche meiner Mutter. Nach einem zweiten Kaffee verdrückte ich mich.

„Pass auf dich auf, mein Junge", sagte meine Mutter zu mir. Das war so ziemlich das Liebevollste, was sie mir sagen konnte. Sie hat mir keinen Kuss gegeben. Sie hat mir nie einen Kuss gegeben.

Ich weiß, was die Leute von meiner Mutter denken: dass sie eine Rabenmutter ist. Dass ich wegen ihr kriminell geworden bin und so. Die Sozialarbeiter, die beim Wohnwagen auftauchten, als ich kleiner war, meine Lehrerinnen in der Grundschule, die Danes, die Erzieher in Riverview, sogar Lieutenant Brown und der Richter fanden alle, dass eigentlich sie die Schuldige ist, und in gewisser Weise tat ich ihnen leid. Ich kann ihnen nicht mal widersprechen. Sie war keine gute Mutter. Nie durfte ich mich an sie kuscheln, sie hat mich niemals in den Arm genommen oder mir etwas Gutes zum Essen hingestellt. Dreiviertel der Zeit musste ich selbst zusehen, dass ich was zwischen die Zähne bekam. Meine Klamotten waren immer schmuddelig und abgerissen, zu Schulfesten hat sie nie einen Kuchen gebacken, sie bastelte mir keine

Kostüme zu Halloween oder Karneval. Es ging ihr sonst wo vorbei, ob ich meine Hausaufgaben machte oder nicht, und sie machte sich nicht mal die Mühe, die Briefe von meinen Lehrern oder der Schulleitung überhaupt zu öffnen.

Als ich noch zu klein war, um mich zu schützen oder zu wehren, hielt sie sich nicht zurück, mich zu schlagen, vor allem wenn sie besoffen war. Ich erinnere mich noch dunkel an eine Sache, da war ich vielleicht vier oder fünf und ich war krank, weil ich einen halben Kuchen verdrückt hatte, der verdorben war, und ich kotzte alles voll. Das hat sie zur Weißglut gebracht. Es gelang mir, aus dem Wohnwagen zu flüchten, aber sie verfolgte mich und packte mich bei den Haaren. Damals ließ sie mir die Haare wachsen und ich hatte eine lange Mähne. Ich glaubte echt, sie würde mir sämtliche Haare mitsamt der Kopfhaut rausreißen. Oft bekam ich auch völlig unerwartet eine runtergehauen. Einmal mitten in der Einkaufsstraße von Whitehaven, ich weiß nicht mehr, warum. Jemand hat sie deswegen bei der Fürsorge angezeigt und es gab eine Untersuchung. Ich erinnerte mich gar nicht mehr dran, aber der Richter fing wieder davon an, als ich verurteilt wurde. Glücklicherweise dauerte das nicht lang, und irgendwann hatte ich gelernt, mich zu verdrücken, wenn es zu heiß wurde, und Kontra zu geben, zumindest wenn sie mich beleidigte.

Meine Mutter hat einen wahnsinnig dreckigen Umgangston, muss man sagen, und wenn sie sich gehen lässt, wird es keinesfalls besser. Die alte Mrs Jercinski, die in einem Wohnmobil ungefähr hundert Meter vom Wohnwagen entfernt wohnt, beschwerte sich jedes Mal, wenn wir uns anbrüllten. Und dabei ist sie ziemlich schwerhörig.

„Großer Gott, dass man solche Unanständigkeiten überhaupt in den Mund nehmen kann, aber sie auch noch herumzuschreien", sagte sie mir einmal nach einem solchen Streit, als sie mich tags darauf traf. „Und das auch noch zwischen Mutter und Sohn. Ihr solltet euch schämen." Ich sagte ihr, dass nicht ich mit dem Streit angefangen hatte. „Aber ja, ich weiß, mein kleiner Harry. Du bist ein guter Junge. Aber du solltest ihr überhaupt nicht antworten, wenn sie diese Launen hat, du weißt doch, dass sie die Kontrolle verliert, wenn sie getrunken hat." Ich werde hier nicht schreiben, was wir uns gegenseitig an den Kopf warfen, aber ich kann euch versichern, dass es sehr, wirklich sehr hässlich und echt unter der Gürtellinie war.

Und doch: Sie ist meine Mutter. Auch wenn es immer wieder Momente gab, in denen ich sie hasste, aus tiefstem Herzen hasste, schaffe ich es nicht, sie für all das zu verabscheuen. Ich weiß, dass sie es nicht leicht hatte, als sie jung war, und danach auch nicht. Meine Großeltern wollten nichts von ihr wissen, deshalb habe ich sie nie kennengelernt. Abgesehen von meiner Tante Nancy haben wir keine Familie. Mit meinem Vater ist sie auch auf die Nase gefallen. Gut, ich will damit nichts von dem, was sie tut oder nicht tut, entschuldigen. Ich bin bloß nicht so sicher, ob es allein ihre Schuld ist, dass sie einen Knall hat. Und besonders wählerisch kann ich ja auch nicht sein: Außer ihr hab ich niemand. Ich hab nun mal keine große Familie wie die Danes oder die Trudys oder die Mac Avoys. Deswegen fand ich auch solche Feste wie Weihnachten und Thanksgiving immer etwas überbewertet. Muttertag übrigens auch, völlig überbewertet, und trotzdem schick ich ihr jedes Jahr 'ne Karte. Letztes Jahr habe ich ihr eine echt nette gekauft, als ich in Colville in Idaho war: ein kleiner Hund, der in seinem Maul einen Korb mit Blumen trägt. Der Hund sah ein bisschen wie Donut aus, deswegen hatte ich sie ausgesucht. Und darauf schrieb ich so was in der Richtung wie: *Weil ich ja nicht da bin, schick ich dir diese Karte, um dir alles Gute zum Muttertag zu wünschen, ich hoffe, sie gefällt dir.* Keine Ahnung, warum ich das so beharrlich machte, sie sagte mir ja immer, dass sie einen Scheiß auf solche Feste gibt und dass dieser ganze Blödsinn nur erfunden wurde, um den Leuten das Geld aus der Tasche zu ziehen, und dass sie dieser ganze vorgeschriebene Scheiß zu festgesetzten Tagen total krank macht. Und als ich ihr mal aus der Schule ein Bild voller roter Herzen mitbrachte, das uns die Lehrerin passend zum Anlass hatte malen lassen, nahm sie es nur mit einem Schulterzucken entgegen und legte es, ohne es eines Blickes zu würdigen, in eine Ecke.

Ich weiß gar nicht, warum ich das überhaupt erzähle. Es hat nichts, aber auch gar nichts mit meinen Abenteuern zu tun. Wenn ich so weitermache, werde ich nie zum Ende kommen. Ich werde jetzt also von einer Sache erzählen, die mir wenig später passiert ist: die Sache mit dem Mercedes.

Die Sache mit
dem Mercedes

Dieses Ding hatte ich nicht geplant. Ich plante nie, ich improvisierte immer. Inzwischen ist mir klar, dass ich damals keinen blassen Schimmer hatte, wohin diese Sache führen und wie sie ausgehen sollte. Ich hatte keinen Plan, kein Konzept, ich lebte einfach so von einem Tag zum andern, ich suchte nach Essen, nach einem Schlafplatz, nach Tricks, der Polizei zu entwischen. Manche Leute versuchen, aus mir einen Helden zu machen, aber so ein Held weiß doch, warum er sich schlägt, er hat ein Ziel, eine Mission. Ich, ich wollte bloß ein ruhiges Leben haben. Einige haben mich sogar mit Robin Hood verglichen. Sie liegen falsch. Ich hab zwar meistens die Reichen beklaut (bei armen Leuten, muss man sagen, lohnt sich der Aufwand nicht), aber nur, um es einem einzigen Armen zu geben: mir. Vielleicht hatte ich tatsächlich so was wie ein *Gespür für soziale Ungerechtigkeit*, wie es die Journalisten schrieben, aber statt große Worte zu verlieren, nenne ich die Dinge eigentlich gern beim Namen:

wenn ich Hunger hatte, nahm ich mir zu essen; wenn mir kalt war, suchte ich einen unbewohnten Unterschlupf; wenn ich wohin musste, lieh ich mir ein Fahrzeug. Das ist alles. Mir war nicht wirklich klar, dass ich etwas Schlimmes tat. Und ich hatte auch nichts gegen die Leute, die ich beklaute. Es gab sogar welche, wie die Mac Avoys, die ich richtig nett fand, ohne sie zu kennen. Ich hatte auch nicht das Gefühl, ihnen etwas Böses anzutun: Ich hatte mich aus ihren Vorräten bedient, in ihren Betten geschlafen, ihre Computer benutzt, mir auf ihre Kosten Pizza bestellt, und davon haben sie doch, außer wenn ich mal ein Fenster einschlagen musste, rein gar nichts gemerkt. Und das, was ich beschädigt oder geklaut habe, dafür kam ja die Versicherung auf, oder nicht? Das war, was ich dachte, und ich sollte das hier eigentlich nicht sagen, aber: was ich im Grunde genommen auch heute noch denke.

Eins war sicher: Meine Streifzüge wurden immer riskanter und die Polizei war mir immer dichter auf den Fersen. Inzwischen war es Sommer geworden, die Häuser waren voller Touristen, und so lebte ich wieder zurückgezogen in den Wäldern.

Ich suchte mir ein Plätzchen unweit einer riesigen Villa, deren Garten sich vom Meer bis zum Wald erstreckte. Sobald die Bewohner an den Strand gingen, zischte ich wie der Blitz in ihre Küche. Ich hab ja schon 'ne Menge reicher Leute auf Maillico gesehen, aber diese hier waren echt der Abschuss. Sie hatten super Autos, die Krönung war ein Mercedes-Cabrio, bei dessen Anblick mein Herz vor Freude Salsa tanzte. So ein Schlitten war einfach was anderes als die Toyotas oder die ollen Chevrolets, die ich bisher geknackt hatte. Es war zwar kein Flugzeug, klar, aber ich hatte dennoch große Lust, es mal auszuprobieren.

Und so machte ich mich eines Abends, als sie alle am Strand waren und grillten, in aller Ruhe auf die Suche: Der Autoschlüssel war in einer kleinen Holzkiste in Form eines Blatts auf einem Regal versteckt, ein Mercedes-Schlüsselanhänger baumelte daran. Ich musste bloß zugreifen. Das Wageninnere war umwerfend: die Sitze aus beigefarbenem Leder, das Armaturenbrett der pure Luxus. Ich hatte kein Problem, den Motor zum Laufen zu kriegen, aber als ich den Rückwärtsgang einlegen wollte, rammte ich erst mal die Garagenwand. Sie hatten allerdings die Musik am Strand voll aufgedreht und keiner hörte mich. Als ich auf die Straße Richtung Ostküste einbiegen wollte, würgte ich den Motor ab. Das war alles Mechanik vom Feinsten und ich hatte nicht gerade viel Erfahrung als Fahrer. Es gelang mir immerhin, die Scheinwerfer einzuschalten

85

und wieder loszufahren. Ich wollte eine Runde um die Insel drehen, erst entlang der Küste, dann rauf zu meiner alten Schule an der Kreuzung zur Verbindungsstraße, um dann das Auto nahe der Villa und meines Verstecks abzustellen. Am nächsten Tag wollte ich dann umziehen, damit mir keiner auf die Spur kam. Ich wollte sie wirklich nur ausprobieren, diese Nobelkarre; sie war ja viel zu auffällig, als dass ich sie klauen wollte.

Aber es war gar nicht so einfach, den Mercedes auf Kurs zu halten und mich gleichzeitig dem Fahrspaß hinzugeben, sobald ich aufs Gas drückte fuhr ich Schlangenlinien. Ich bremste ein bisschen zu heftig ab, als mir zwei Scheinwerfer entgegenkamen – und ich die schwarz-weiße Lackierung des Streifenwagens erkannte. Instinktiv gab ich Gas und der Mercedes machte einen Satz. Mir wurde kotzübel, ich hatte überhaupt keine Lust, mich jetzt wieder schnappen zu lassen. Im Rückspiegel sah ich, wie die Cops auf der Straße eine krasse Kehrtwende vollführten, und dann hörte ich die Sirene aufheulen. Scheiße, sie wollten die Verfolgung aufnehmen! Keine Ahnung, ob der Wagenbesitzer schon Anzeige erstattet hatte oder ob die Cops mich erkannt hatten, aber Fakt ist, dass sie sich mir an die Fersen hefteten. Der Mercedes war schnell, aber ich beherrschte ihn nicht. Ich raste die Straße Richtung

Ostküste entlang und spürte Panik in mir aufsteigen: wegen der Geschwindigkeit, der Nacht und der Sirenen, die mir unablässig folgten. Auf der Höhe des Sunset Cafés lenkte ich abrupt nach links, auf den Parkplatz, legte eine Vollbremsung hin, sprang aus dem Wagen und rannte auf den nahegelegenen Waldrand zu. In meinem Rücken hörte ich ein wahnsinniges Krachen und ich riskierte im Laufen einen Blick über meine Schulter: Der Mercedes war noch ein Stück weitergerollt und in eine Mülltonne gebrettert. Das gab mir schon einen Stich ins Herz, ich mein, so ein schöner Wagen, aber ich bin keine Sekunde stehen geblieben.

Im Schutz des Waldes angekommen, tauchte ich im Meer der Farne unter. Jetzt, im Juli, waren sie groß und hoch und grün, und unter ihren Zweigen war ich in null Komma nichts verschwunden. Eine ganze Weile lang krabbelte ich auf allen vieren und versuchte dabei, möglichst keinen der langen, dünnen Zweige umzuknicken. Als ich klein war, machte ich mir immer Schwerter und Degen daraus. Ich liebe den Farn, im Frühling bilden die Blätter immer so kleine fleischige Knubbel, und dann rollen sie sich aus wie so eine Spitzenborte. Und dann ihr Geruch ... Der Geruch des Farns fehlt mir hier am meisten, glaube ich.

Jedenfalls, im Schutz der Nacht und der Farne haben mich die Cops nicht erwischt. Ich war ihnen nur um ein Haar entkommen und ich war mir sicher, dass sie nach der Sache mit dem Mercedes verschärft nach mir suchen würden. Ich musste das Weite suchen, Maillico war zu klein für uns beide, Lieutenant Brown und mich. Und deswegen wechselte ich die Insel.

Wie ich die Insel wechselte

Also, an Inseln mangelte es um Maillico rum wirklich nicht, ich hatte die Qual der Wahl. Aufs Festland zurückzukehren, hatte ich keine Lust. Meinen Aufenthalt in Seattle hatte ich ja nicht in allzu guter Erinnerung, und außerdem hatte ich das Gefühl, dass ich in meinem, sagen wir mal, „natürlichen Lebensraum" am besten klarkommen würde. Gleich am nächsten Morgen nach dem Unfall mit dem Mercedes klaute ich mir ein Boot, das an der Anlegestelle des Sportclubs lag. Es war eine winzige Nussschale mit einem winzigen Motor, aber leicht kurzzuschließen. Ich hatte nur wenige Stunden geschlafen, als ich am frühen Morgen meine beiden Tüten ins Boot warf und es Richtung Norden nach Barton Island lenkte. Den Hafen von Allenham mied ich und fuhr stattdessen an der Küste von Barton Richtung Westen entlang, bis ich einen abgelegenen Strand fand. Ich zog mein Boot an Land, und obwohl es so klein und ich so stark war, kam ich mächtig ins Schwitzen. Aber bevor ich loszog, wollte ich sichergehen, dass ich nicht gleich wieder abhauen musste. Ich versteckte meine Tüten in den Büschen und brach dann zu Fuß nach Allenham auf. Barton ist vier oder fünf Mal so groß wie Maillico und Allenham ist eine viel größere Stadt als Whitehaven. Als Knirps in der Schule musste ich sie mir mal anschauen, aber daran erinnerte ich mich nicht mehr so richtig. Und da ich hier nicht Gefahr lief, jemandem zu begegnen, der mich gleich wiedererkannte, spazierte ich ruhig durch die Straßen, hatte aber vorsichtshalber den Schirm meiner Kappe ziemlich tief ins Gesicht gezogen. Ich glaubte zwar nicht, dass die Polizei auch hier meine Fotos verteilt hatte, aber man weiß ja nie. Ich kaufte mir ein Sandwich, das ich am Hafen aß. Barton war voller reicher Touristen, noch mehr als Maillico, und einige der dort vertäuten Yachten waren echt schick! Die Leute an Deck waren auch schick und schlürften schicke Getränke. Da hätte ich gern als Schiffsjunge angeheuert, aber ich wusste ja nichts von Navigation und dann befürchtete ich auch, dass sie nach irgendwelchen Papieren fragen würden und so.

Also lief ich wieder ziellos durch die Straßen. Nach diesen Monaten in den Wäldern kam es mir ganz komisch vor, lauter Leuten zu begegnen, Geschäfte zu sehen und Cafés und ich mittendrin. Ich hatte gar keine

90

Lust, an den einsamen Strand zu meinen Sachen zurückzukehren, und als es Abend wurde, lief ich am Meer entlang, auf so einer Uferpromenade mit Bars, Restaurants und Läden voller T-Shirts.

Irgendwann wurde mir kalt und ich näherte mich einer Gruppe, die am Strand ein Lagerfeuer gemacht hatte. Es waren um die zehn Jugendliche, Jungen und Mädchen, etwa in meinem Alter. Ich fragte einen, ob ich mich kurz aufwärmen dürfte.

„Klar", sagte er und stellte sich vor: „Jason."

Er hatte einen Blödmann-Haarschnitt und einen Blödmann-Akzent, aber ein sympathisches Lächeln.

„Harry", sagte ich und mir fiel zu spät ein, dass es vielleicht klüger gewesen wäre zu lügen.

Zwei kichernde Mädels kamen auf uns zu, und Jason stellte uns einander vor. Eine der beiden gefiel mir auf Anhieb. Sie hatte rotes Haar, grüne verschmitzte Augen und Sommersprossen auf den Wangen und der Nase. Sie war gut gebaut, das finde ich toll bei Mädchen. Die Mageren mag ich nicht so, vielleicht, weil ich selbst so kräftig bin. Die Rothaarige hieß Lizzie und ich wollte ihr so gern zeigen, dass ich sie mochte, aber ich wusste nicht so richtig, wie ich das anstellen sollte. Mit meinen Fluchten und dem Aufenthalt in Riverview war es mittlerweile eine halbe Ewigkeit, dass ich zuletzt einem Mädchen gegenüberstand, und auch ohne das muss ich zugeben, dass ich mich in solchen Situationen nicht allzu wohlfühlte. Es ist nicht leicht, den ersten Schritt zu machen, man fühlt sich so unterlegen und riskiert, sich komplett lächerlich zu machen. Ich wollte nicht als Vogel dastehen, und außerdem bin ich eh zu schüchtern, um mich gleich jemandem an den Hals zu werfen.

Aber ich hatte wenigsten einen Vorteil, nämlich dass nicht irgendeiner kam, sie beim Arm nahm und ihr zuraunte: „Weißte nicht, wer das ist? Der wohnt im Süden der Insel in einem Wohnwagen, seine Mutter ist Alkoholikerin, und er macht auch nur Mist. Lass mal lieber die Finger von dem."

Ich erzählte Lizzie, dass ich hier auf der Insel zum ersten Mal meine Ferien verbrachte, mit meinen Eltern. Als sie mir sagte, dass sie aus Seattle war, gab ich vor, aus Portland zu sein. Das kannte sie Gott sei Dank nicht, denn wenn sie mir Fragen über irgendwelche Details gestellt hätte, wäre ich aufgeflogen. So redeten alle wild durcheinander und dann boten mir die Jugendlichen von ihren Grillwürstchen an, und das war großartig, denn ich hatte Kohldampf. Ich trank sogar mehrere Dosen Bier und war danach ganz schön beduselt. Ich bin Alkohol einfach nicht gewohnt: Allein meine Mutter anzusehen, hat mir schon gereicht, um mich davor zu ekeln. Ich rauche auch nicht, keinen Tabak und auch sonst nichts. Irgendwie ist es schon echt ein Vorteil mit 'ner qualmenden, saufenden Mutter aufzuwachsen, da lernt man doch recht schnell, dass so ein Rausch immer traurig und erbärmlich endet und das Ergebnis nach dreißig Jahren alles andere als schön ist. Das reicht mir, danke.

Aber an diesem Abend ließ ich mich gehen und … war auf einmal auch gar nicht mehr schüchtern. Ich textete Lizzie mit meinem Flugzeugwissen zu und am Anfang hörte sie auch noch gespannt zu, als ich nämlich vorgab, dass mein Vater eine Cessna besitzen würde, die ich von Zeit zu Zeit fliegen dürfte. Aber als ich mich in die technischen Details verstieg, verzog sie sich zu so 'nem dunkelhaarigen Schönling, der gerade Bruce Springsteen auf der Gitarre massakrierte. Ich aß die übrig gebliebenen Würstchen auf und dachte daran abzuhauen. Ich hatte eine kurze Nacht, eine Bootstour und ein paar Bierchen hinter mir, und ich fühlte mich k.o. Aber ich hatte keine Lust, das Feuer zu verlassen, und das Mädchen eigentlich auch nicht.

Ich setzte mich neben sie und schlang meinen Arm um ihre Schultern. Sie sah mich ein wenig belustigt aus den Augenwinkeln an, aber sie schubste mich nicht

weg. Ich bin es eigentlich nicht gewohnt, Leute anzu-
fassen, und mich durchlief ein ganz komisches Gefühl,
als ich sie so an mir spürte. Nach einer Weile drückte
sie sich fester an mich, das tat fast ein bisschen weh,
aber ich wagte nicht, mich zu bewegen. Ich überlegte,
ob ich sie vielleicht küssen sollte, aber bis ich damit
fertig war, war die Gelegenheit vorbei. Das Feuer war
runtergebrannt, einige Leute machten sich schon auf
zu gehen, und Lizzies Freundin kam auf sie zu, weil sie
zusammen heimfahren wollten.

„Können wir dich irgendwohin mitnehmen?", fragte Lizzie mich. Ich wich aus und sagte, dass ich noch
eine Weile am Strand bleiben wollte. Hätte ich eine
Telefonnummer gehabt, hätte ich sie ihr gegeben, aber
ich hatte keine und ich traute mich auch nicht, sie nach
ihrer zu fragen.

„Kommst du denn morgen wieder hierher?", fragte
ich sie nur, aber sie sagte, nein, ihre Familie ginge immer an einen Strand weiter im Norden, und außerdem
hatten ihre Eltern für den nächsten Tag eine Bootstour geplant. Und in drei Tagen würde sie wieder nach
Seattle zurückreisen. Wir gaben uns die Hand – und
dann war sie weg.

Ich komme mir echt idiotisch vor, wenn ich das hier
so schreibe, es ist ja echt nichts passiert, aber in diesem

Augenblick war es für mich total wichtig. Mir mangelte es wohl wirklich an Gelegenheiten, und das in einem Alter, wo wir Jungs doch angeblich völlig besessen sind „davon". Und hier und jetzt hab ich eh keine Möglichkeit, Mädchen zu treffen, deswegen blieben mir dieser Abend und dieses Mädchen so in Erinnerung. So was spielt sich jetzt nur noch in meiner Vorstellung aber – aber ich geb zu, dass ich es nicht anders kenne. Eigentlich kommt es mir ganz gelegen, dass ich hier wie ein Eremit lebe, das macht einiges einfacher. Heute käme ich wohl besser klar mit so 'ner Mädchensituation, denke ich. Aber, wie gesagt, überflüssig, darüber nachzudenken. Ende vom Lied.

Ich hab mich dann nach diesem Abend von Allenham ferngehalten. Ich wollte ja nicht wiedererkannt werden. Den Rest des Sommers hab ich in den Wäldern und an abgelegenen Stränden verbracht. Mehrmals bin ich mit meiner abgewrackten Nussschale um die Insel herumgeschippert, den Sprit hab ich mal hier, mal dort mitgehen lassen. Ich war braun gebrannt wie nie zuvor, meine Haare waren blond und lang und ich fühlte mich in Topform. Ich ernährte mich von dem, was ich in den Kühlschränken der zahllosen Restaurants fand, die allesamt nicht besonders abgesichert waren. Außerdem brach ich den Kofferraum eines nahe beim Strand geparkten Autos auf und durchsuchte die Tasche, die die Fahrerin dort abgelegt hatte. Ich notierte mir die Nummer ihrer Kreditkarte und legte dann alles wieder haargenau so zurück, wie ich es gefunden hatte, so bemerkte niemand etwas. Und ich konnte nun die eine oder andere Kleinigkeit bestellen, die ich mir in unbewohnte Villen liefern ließ. Ich wartete im Garten auf den Lieferwagen, und wenn der Fahrer dann ausstieg, tat ich so, als wäre ich eben erst zur Haustür rausgekommen und nahm die Lieferung entgegen: meistens Essen, manchmal aber auch Klamotten und ein Fotoapparat. Es hat eine Weile gedauert, bevor die Besitzerin das bemerkt hat und die Karte sperren ließ.

Aber obwohl Barton eine ganze Ecke größer ist als Maillico, hatte ich nach etwa drei Monaten das Gefühl, alles zu kennen. Ich hatte Lust, was anderes zu sehen. Seitdem hing ich öfter am Flugplatz rum und beobachtete die Starts und Landungen der Flieger, die die Insel mit dem Festland verbanden. Ich hatte schon immer vom Fliegen geträumt, und immer öfter fragte ich mich: Warum eigentlich nicht? Schließlich war ich auch in Autos, sogar einem Mercedes, gefahren, ohne es je gelernt zu haben, und einen Segelschein hatte ich auch nicht. Flugzeuge waren mit Sicherheit ein bisschen komplizierter, aber ich hatte seit Jahren sämtliches Wissen darüber angehäuft und stundenlang am Flugsimulator trainiert.

Im Wald, der den Flugplatz säumte, fand ich so 'ne Art Unterschlupf, zweifellos die Hütte eines Jägers. Es gibt 'ne Menge Wild auf Barton, Enten, Schnepfen und auch Rehe. Ich bin mit all meinem Hab und Gut in diese Hütte umgezogen, weil es allmählich empfindlich kalt wurde. Am Waldrand stand eine große Zeder, an der ich ohne Probleme hochklettern konnte: Von da oben hatte ich eine prima Übersicht über das gesamte Flugfeld. Ich verbrachte einige Tage damit, die ankommenden und startenden Flieger zu beobachten und die Örtlichkeiten zu erkunden.

Ich hatte ein Auge auf eine Cessna 172 geworfen. Dieses Modell hatte ich schon oft im Flugsimulator geflogen und ich kannte das Cockpit in- und auswendig. Es ist ein einmotoriges Flugzeug, das sehr leicht zu bedienen ist, also genau das, was ich für meinen ersten Flugversuch brauchte. Und außerdem sah die Cessna großartig aus: weiß glänzend mit einem breiten roten Streifen, der sich über den ganzen Rumpf zog.

Als es dämmerte, schlich ich mich in den Hangar. Da war das Flugzeug – und ich spürte, wie mein Herz schneller schlug. Ich musste wieder an diesen Typen denken, Peter, in dessen Flieger ich mal steigen durfte, und der zu mir gesagt hatte, dass man einfach bloß keine Angst vorm Abheben haben durfte. Ich hatte keine Angst. Ich hatte supergroße Lust, es auszuprobieren: Wenn es überhaupt eine Sache auf der Welt gab, die ich machen wollte, dann in dieses Cockpit zu steigen und abzuheben. Und wenn es das Letzte sein sollte, das ich machte. Das wäre die Sache wert. Und so viel hatte ich ja auch gar nicht zu verlieren.

Das Cockpit war zum Glück nicht verschlossen. Ich setzte mich auf den Pilotensitz und beschäftigte mich eine ganze Weile lang mit den Instrumenten. Ich fand mich glänzend zurecht: Da waren die Kontrollanzeigen für den Flug, den Motor, die Navigation. Ohne Schwierigkeiten fand ich den Höhenmesser, den Fahrtmesser, den Steigmesser, den Funknavigationsmesser, die Kraftstoffanzeigen, den Gemischregler, den Leistungsregler. Das Cockpit war großräumig, ich hatte genug Platz für meine langen Beine. Alles war perfekt, nur der Schlüssel fehlte. Ich fand ihn in einem Werkzeugkasten. Ich war startklar.

Zwei Stunden brauchte ich, um das Flughandbuch und die Gebrauchsanweisung für das GPS noch mal zu lesen und die Karten zu studieren. Dann legte ich mich auf einem Stapel Planen aufs Ohr. Schließlich musste ich in Form sein für das, was mich erwartete. Als der Wecker meiner Armbanduhr zu piepsen anfing, schreckte ich auf und fragte mich, was ich da eigentlich machte. Aber als dann der Strahl meiner Taschenlampe über den Rumpf und die Flügel der Cessna glitt, waren meine Zweifel wie weggeblasen. Ich würde es machen. Und das, das verdient ein Kapitel für sich.

Mein erster Flug

Ich hatte keine Zeit zu verlieren, ich musste den Flugplatz beim ersten Tageslicht verlassen haben. Ich verschlang fix ein kleines Frühstück aus meinem Rucksack, ohne das wären die drei, vier Stunden Flug, die ich vor mir hatte, nur schwer zu überstehen … falls ich nicht schon beim Abheben abstürzte, klar. Ich öffnete das riesige Metalltor des Hangars und schob das Flugzeug raus aufs Rollfeld. Zum Glück bin ich so stark.

Auf dem Flugplatz bewegte sich nichts. Der Tag brach an, die Luft war klar. Ich kletterte ins Cockpit und checkte noch mal alle Instrumente. Dabei sprach ich laut, als hätte ich einen Copiloten neben mir. War mir egal, ob das dämlich war, es sah mich ja niemand. Ich war wild entschlossen, an nichts anderes als die Bedienung meines Flugzeugs zu denken.

„Na, komm, mein Freund", sagte ich zu mir, „du bist super vorbereitet, es wird schon klappen."

Der Motor sprang willig an, der Propeller drehte sich immer schneller, bis er schließlich nicht mehr zu sehen war. Ich warf noch einen Blick auf die Kraftstoffanzeigen – und los ging's. Ich rollte sanft bis ans

Ende der Piste. Mein Adrenalinspiegel war kurz vorm Explodieren. Die Cessna ließ sich einfacher steuern als der Mercedes, ich hatte das Gefühl, sie richtig im Griff zu haben. Ich bog ein bisschen ruckartig ab, dann positionierte ich das Flugzeug geradewegs mit dem Bug zur Piste, genau der Sonne entgegen. Ich startete durch, der Motor antwortete mit einem lauten Schnurren, und ohne weiter nachzudenken ließ ich die Cessna losfahren. Ich hatte maximal achthundert Meter, um abzuheben. Ich hatte den Fahrtmesser immer im Blick, und als ich sah, dass ich genügend Geschwindigkeit draufhatte, ließ ich das Flugzeug so sanft wie möglich abheben. Ehrlich, so glücklich hatte ich mich noch nie im Leben gefühlt, nicht mal, als Mike mir Donut in die Arme legte. Das hier war … wow … ich find keine Worte, um das zu beschreiben: Stellt euch einfach vor, ihr macht das, was ihr schon immer, immer machen wolltet – dann habt ihr's. Ich warf einen Blick aus dem rechten Fenster: Ich flog mitten über dem Meer. Der Motor machte einen Höllenlärm, das Flugzeug vibrierte, das konnte kein Simulator der Welt nachahmen.

Ich pendelte mich auf meine Fluggeschwindigkeit ein, auf zweitausend Fuß Höhe, Richtung Süd, Süd-Ost. Ich wollte unbedingt eine Runde über Maillico drehen. Als sich meine Insel unter mir abzeichnete wie auf einer Landkarte musste ich lachen. Ich hatte nicht übel Lust, im Tiefflug über das Polizeigebäude hinwegzubrettern, dass die Ziegel vom Dach wehen würden. Dann würde ich zur Südspitze weiterfliegen und einen Rundflug über dem Wohnwagen machen. Meine Mutter würde draußen stehen und sehen, wie ich ihr zuwinke, bevor ich wieder zu den Wolken aufsteigen würde. Allerdings war ich mir nicht sicher, ob ich so einen Tiefflug überhaupt hinkriegen würde. Also begnügte ich mich damit, ein wenig niedriger über der Insel zu kurven. Wie oft hatte ich da unten gestanden und mit schmerzendem Nacken und brennenden Augen den Flugzeugen nachgestarrt, die im Himmel verschwanden. Und heute war ich es, der oben war, und ich bedauerte all die kleinen Würmchen, die da unter mir herumkrochen. Vielleicht schaute sogar in genau diesem Augenblick ein kleiner Junge nach oben und wünschte sich nichts sehnlicher, als an meiner Stelle zu sein …

Mit einigem Bedauern ließ ich Maillico hinter mir, aber ich wusste, dass das nicht mehr meine Welt war, dass Maillico zu klein geworden war. Ich flog also in einer weiten Schleife Richtung Süden, denn ich legte wenig Wert darauf, in die Flugschneise des internationalen Flughafens von Seattle zu geraten und mich plötzlich vor den Turbinen einer startenden oder landenden Boeing 747 zu befinden. Mein Plan war, die Kaskadenkette zu überfliegen und dann irgendwo mitten in der verlassenen Ebene am Columbia River zu landen. In dieser Gegend hatte ich einen Ort entdeckt, der sich Enterprise nannte. Der Name gefiel mir. Was ich danach machen sollte, wusste ich nicht wirklich: Vielleicht mit 'ner geklauten Karre nach Kalifornien und da den Winter verbringen.

Das Blöde mit siebzehn ist, dass man nicht so richtig über die Konsequenzen nachdenkt. Die Erwachsenen liegen einem ja ständig in den Ohren: „Denk an deine Zukunft, jetzt legst du den Grundstein für alles", dieses ganze Gelaber eben, und das ging mir sonst wo vorbei. Einer der Erzieher erklärte mir mal, dass das Gehirn in unserem Alter noch nicht fertig wäre und uns deswegen so eine Art Sinn für so was fehlte, so einer, mit dem man sich die eigene Zukunft vorstellen kann. Das wäre also so, als würde man zu einem Blinden sagen: „Schau, wo du läufst." Ich für meinen Teil war jedenfalls genauso: Es fiel mir einfach schwer, weiter als bis zum nächsten Tag zu denken. Keine Ahnung, ob ich da inzwischen irgendwelche Fortschritte gemacht hab, meine nähere Zukunft ist jedenfalls ziemlich fest geplant, so viel steht fest.

Jedenfalls, in diesem Augenblick, als ich in Richtung Berge flog, war mir alles andere völlig egal: Ich flog ein Flugzeug und ich fühlte mich wie der King. Das Problem war nur, dass das nicht lange anhielt. Als ich mich der Kaskadenkette näherte, zogen dunkle Wolken auf und ein Sturm erhob sich. Die Cessna torkelte in den Turbulenzen. Die Windstöße trafen sie mit voller Wucht, sie fiel in zig Meter tiefe Luftlöcher, bevor sie wieder hochgerissen und durch die Luft gewirbelt wurde. Ich geb's zu, ich hatte Todesangst. Im Flugsimulator hatte ich schon so einige Gewitter durchflogen, aber mal im Ernst, das zählt nicht, wenn man dabei den Hintern fest auf dem Boden hat. In der Luft ist das ganz anders. Und zwischen den ganzen Erschütterungen und der Angst, die mir den Magen umdrehte, spürte ich plötzlich mein Frühstück aufsteigen. Es ging so schnell, ich konnte nicht nach 'ner Tüte greifen, ich konnte nicht mal den Kopf abwenden. Es ging voll auf die Armaturen, es war saueklig. Zwischen Wolkenfetzen sah ich Felsspitzen auftauchen, die mir bei jedem Windstoß entgegenstürzten. Ich war drauf gefasst, jeden Augenblick vor mir eine Felswand auftauchen zu sehen, die ich mit Karacho rammen würde.

Ich erinnere mich, dass ich an diese Lizzie vom Strand von Allenham dachte, und wie ich mir sagte, dass es echt armselig wäre zu sterben, ohne jemals mit einem Mädchen geschlafen zu haben. Ich glaube, dieser Gedanke hat mir neue Energie gegeben. Ich umfasste den Steuerknüppel, wischte so gut es ging die Kotze von den Instrumenten und hielt den Bug Richtung Osten. Dabei versuchte ich, möglichst nicht an Höhe zu verlieren. Die kleine Cessna widerstand tapfer den Windstößen und das sonore Summen des 180-PS-Motors stockte nicht einen Augenblick. Irgendwann hatten wir diese beschissene Gebirgskette endlich überquert und die Turbulenzen ließen nach. Ich war zum Umkippen müde.

Außerdem hatte ich fast keinen Treibstoff mehr, mit dem Rest wäre ich nie bis zum Fluss gekommen. Also ging ich langsam in den Sinkflug, um nach einem Plätzchen Ausschau zu halten, wo ich die Cessna landen konnte. Nicht dass jemand denkt, ich hätte nach einer schön asphaltierten Piste gesucht. Am helllichten Tage gemütlich auf einem Flugplatz zu landen, kam nicht infrage. Nein, was ich brauchte, war eine möglichst ebene Fläche ohne große Steine oder Bäume. Oder eine einsame Straße. Eine Straße entdeckte ich, aber da waren Autos unterwegs. Ich war nass vor kaltem Schweiß und ich zitterte am ganzen Körper. Allerdings, das war mir klar, war das nicht der Moment, durchzudrehen.

105

Ich überflog einen gottverlassenen Winkel abseits der Straßen, Gebäude waren keine zu sehen. Das war gar nicht so übel für meine Landung. Ich flog sacht eine Schleife, um das Terrain genauer zu betrachten. Der Vorteil einer Cessna ist, dass die Tragflächen weit oben angebracht sind und einen prima Blick aus dem Fester zulassen. Das ist mir aufgefallen, als ich mal am Steuer einer Cirrus saß. Aber dazu später mehr.

Im Augenblick war nur wichtig, dass ich die Maschine sicher auf diese Ebene runterbrachte. Bäume gab es keine, bloß solche kümmerlichen Büsche, die mir nicht zu störend vorkamen. Große Steine auch nicht. Ich biss die Zähne zusammen, bremste vorsichtig und klammerte mich krampfhaft am Steuer fest. Die Cessna war noch viel zu schnell, als ich auf dem Boden aufsetzte, oder vielleicht war auch der Winkel zu steil. Der Stoß war gewaltig, das Flugzeug prallte noch zwei, drei Mal auf dem Boden auf, bevor es mit einem Höllenscheppern umkippte und auf der Seite liegenblieb. Einen Moment lang blieb ich regungslos sitzen, nicht so lang wie ich dachte, denn als ich meine Sinne wieder beisammen hatte, hatte sich der Staub, den die Cessna beim Absturz aufgewirbelt hatte, noch nicht gelegt. Mit zitternden Fingern öffnete ich meinen Gurt, packte meine Türe und kroch so schnell ich

106

konnte aus dem Cockpit. Ich hatte Angst, das Flugzeug könnte Feuer fangen und explodieren. Das war eigentlich ziemlich dämlich, denn es war ja so gut wie kein Treibstoff mehr im Tank. Aber ich versichere euch, dass man in so einem Augenblick nicht mehr sonderlich klar denken kann.

Als ich nach etwa hundert Metern Halt machte und mir das Wrack anschaute, war alles friedlich, wie tot. Es tat mir echt leid, dass ich die Cessna gecrasht hatte: Sie war eine gute kleine Maschine gewesen. Ich war unverletzt, abgesehen von ein paar Schrammen am Knie und einer riesigen Beule an der Seite meines Kopfs.

Von da an interessierte man sich wirklich für mich. Wenn ich „man" sage, meine ich damit sowohl die Polizei als auch die Medien. Ich muss dazu sagen, dass die Cessna nicht nur ungefähr 400 000 Dollar wert war, sondern außerdem einem Senator gehörte. Das überschritt die Kompetenzen von Lieutenant Brown. Und ich machte auch über die Grenzen der Lokalzeitung von Maillico hinaus Schlagzeilen. Gut, mir war das alles erst mal ziemlich egal, ich dachte an was völlig anderes. Woran ich dachte? Das fragte mich John, ein Rechtsanwalt, später. „Woran dachtest du, als du nach dem Absturz einfach wegliefst? Warst du stolz oder hast du dich geschämt? War dir klar, dass du dem Tod von der Schippe gesprungen warst? Hattest du dir überhaupt Gedanken darüber gemacht, welche Konsequenzen diese Aktion hätte haben können?"

Ich dachte an gar nichts, mein Kopf war genauso leer wie mein Magen.

So viel ist sicher, ich hatte nicht eine Sekunde lang geglaubt, dass ich sterben könnte, als die Cessna da oben wie ein Strohhalm durch die Luft wirbelte. Ich weiß, was es heißt, dem Tod ins Auge zu blicken, das war mir davor tatsächlich schon mal passiert. Ja, von Angesicht zu Angesicht schaute ich ihm in seine hässlich grinsende Visage, und da spürte ich, wie es mit mir zu Ende ging, und ich hatte eine solche Scheißangst, dass ich die schreckliche Erinnerung daran lieber vergessen würde.

Ich mache weiter. Mit einer ehrlich netten Begebenheit, meiner Zeit in Nepawa.

Bei Jim, dem Indianer

Ich lief sicherlich eine gute Stunde, bevor ich auf jemanden traf. Meine Beine waren butterweich und wie Blei, mir drehte sich der Kopf und es fiel mir echt schwer voranzukommen. Endlich erreichte ich eine Straße, und der erste Pick-up, der mir entgegenkam, hielt an: Ich nehme an, es kam nicht allzu oft vor, dass in diesem gottverlassenen Flecken Erde irgendwelche Typen die Straße entlangwankten. Der Fahrer fragte mich, wohin ich wollte.

„Ins nächste Nest", sagte ich.

„Dahin fahre ich auch, das passt ja", antwortete er mir mit einem breiten Lachen und deutete mir einzusteigen.

„Alles okay?", fragte er mich dann mit einem Blick auf mein vollgekotztes T-Shirt, meine zerrissene Hose, die rund ums Knie blutig war, und meinen entrückten Gesichtsausdruck. Ich sagte ihm, dass es mir gut ginge und darauf sagte er nichts mehr. Er fing an, irgendwas vor sich hin zu summen, für mich klang das wie ein Kirchenlied. Der Kerl war ein Indianer und das Nest, aus dem er kam, Nepawa, gehörte zum Yakama-Reservat. Nepawa bestand aus etwa fünfzig Holz-hütten und Wohnwagen, die sich um einen halb ausge-trockneten Flusslauf scharten. Der Ort war nicht so toll; die Umgebung war karg und trocken, das Nest war versifft, überall standen und lagen Autowracks, alte Reifen und kaputte Gartenstühle rum. Wie bei mir zu Hause, eigentlich, nur dass wir Wälder hatten, um darin unseren Müll zu verstecken.

Aber die Leute hier waren im Großen und Ganzen nett zu mir. Im Krämerladen-Bar-Restaurant-Gemein-desaal stellte mir die Wirtin ohne groß Worte zu verlie-ren einen Burger vor die Nase. Die paar Gäste ließen mich ebenfalls zufrieden, auch wenn ich sah, dass sie vor Neugier platzten, was ein Typ wie ich hier suchte. Das gefiel mir. Ich fragte die Wirtin, ob ich nicht für ein, zwei Tage ein Zimmer in Nepawa mieten könnte. Das war zwar ein bisschen riskant, aber ich musste mich dringend etwas ausruhen, und so hatte ich be-schlossen, ihr zu trauen: Ich hatte nicht den Eindruck, dass die Leute hier so mir nichts, dir nichts die Polizei rufen würden.

Der Typ aus dem Pick-up kam zu mir rüber und setzte sich an meinen Tisch.

„Dann bleibst du also ein paar Tage hier?", fragte er mich.

„Würde mir gefallen, wenn das ginge", antwortete ich.

„Ist nicht so viel los hier, für 'nen jungen Kerl wie dich, meine ich", gab er zurück.

„Ich mag's ruhig, das stört mich nicht."

Ich fügte noch hinzu, dass ich von der Meeresenge kam und sagte ihm, wie ich heiße. Ich versuchte erst gar nicht, etwas zu erfinden. Der Typ gehörte nicht zu den Leuten, denen man irgendeinen Mist auftischen konnte. Er stellte sich dann auch vor: Jim Lewis, er arbeitete in der Schreinerwerkstatt des Reservats, etwa zehn Kilometer entfernt. Er lebte allein, seit seine Tochter einen Typen aus Spokane geheiratet und sein Sohn sich bei der Armee verpflichtet hatte. Von seiner Frau sprach er nicht. Er hatte ein Zimmer, das er mir billig vermieten würde, falls ich das wollte.

Ich blieb acht Monate bei Jim, bis zum Sommer. Es ging mir gut in Nepawa und es ging mir gut bei Jim. Sein Haus war klein, aber, anders als der Wohnwagen meiner Mutter, picobello aufgeräumt und geputzt. Das hatte ich ehrlich gesagt nicht erwartet von einem allein lebenden Mann, vor allem nicht von einem Indianer: Meine Mutter hatte immer gesagt, Indianer wären

111

dreckig und blöd. Aber sie erzählte auch, dass Neger stinken, und als ich Tina kennenlernte, also meine Schulfreundin damals, hatte ich gleich gemerkt, dass das nicht stimmte, denn Tina roch immer gut, so ein bisschen nach Vanille und Lebkuchen, würde ich sagen. Ich geb zu, meine Mutter ist echt rassistisch, und ich musste erst Leute wie Tina und Jim treffen, um zu merken, dass alle diese Reden über Neger und Indianer kompletter Blödsinn waren.

Jim jedenfalls, der war ein echter Putzteufel, und in puncto Sauberkeit hätte sich meine Mutter echt 'ne Scheibe von ihm abschneiden können. Ich schnitt mir eine ganz dicke ab, musste ich ja, denn hätte ich nicht Ordnung gehalten, hätte er mich hochkant rausgeschmissen. Er gab mir das frühere Zimmer seiner Tochter; in dem von seinem Sohn, dem Soldaten, standen noch alle seine Sachen drin. Man sah deutlich, dass Jim seine Ordnungsliebe seinen Kindern vermacht hatte, denn auch in ihren Zimmern sah es blitzblank aus. Am Anfang ging mir das mächtig auf den Zeiger, dass ich gar nichts rumliegen lassen durfte, aber irgendwann fand ich es dann ganz angenehm, in so einer Umgebung zu leben.

Jim war in allen Dingen so gradlinig: Er trank nicht und er ging oft in die katholische Kirche St. Stephan in

White Oak, der Hauptstadt des Reservats. Das hinderte ihn aber nicht daran, sich voll und ganz als Indianer zu fühlen und an den rituellen Zeremonien teilzunehmen. An solchen Tagen legte er sein Indianergewand an und sah richtig klasse aus, muss ich sagen. Er dachte sich sicherlich, dass ich so einiges angestellt hatte, aber solange ich mich in Nepawa gut benahm, war ihm das egal. Die anderen Leute ließen mich ebenfalls in Frieden. Sie wussten, was es bedeutet, sich abseits zu fühlen, schutzlos, und sie empfingen mich, ohne Fragen zu stellen. Als einige Tage nach dem Absturz ein paar Cops kamen und Ermittlungen anstellten, hat Jim mich in meinem Zimmer eingesperrt und keiner verlor ein Wort über mich. Nachdem sie wieder weg waren, schauten mich die Leute mit so einem gewissen respektvollen Staunen an, und die Wirtin der Bar nannte mich „Tollpatschiger Adler", worüber alle lachten.

Ich wollte gar nicht so lange bleiben. Nach etwa zehn Tagen langweilte ich mich fast zu Tode, und außerdem hatte ich keine Lust, mein bisschen Kohle für die Zimmermiete zu verbraten. Aber als ich Jim sagte, dass ich wieder aufbrechen würde, meinte er, ich sollte noch ein paar Tage warten, und dann machte er mir einen Vorschlag: Die Gemeinde von Nepawa bot mir an, für meine Kost und Logis aufzukommen und mir ein Taschengeld zu zahlen, wenn ich dafür kleine Arbeiten im Dorf verrichtete. Er hätte mich gern in der Schreinerei untergebracht, aber da war keine Stelle frei, und außerdem hätte er mich anmelden müssen.

Meine Arbeit bestand größtenteils aus kleinen Gefälligkeiten: der alten Mama Stewart im Garten helfen, die Büsche am Flussufer zurückschneiden, die Schaukeln im Kindergarten flicken, die Straßen fegen und solche Sachen eben. Ich half auch Lily, der Wirtin des Krämerladen-Bar-Restaurants, an den Abenden, wenn sich ihre Wirtsstube in einen Versammlungssaal verwandeln musste. Diese Indianer waren großartig organisiert, muss ich sagen, und sie trafen Entscheidungen erst, wenn sie gemeinsam alle Probleme durchdiskutiert hatten. Ich denke, sie hatten auch darüber abgestimmt, wie sie mit mir umgehen sollten.

Mein Leben verlief nun ruhig und geordnet. Ich hatte tagsüber ziemlich viel Freizeit und dann zeichnete ich Flugzeuge, spazierte durch die Gegend und lernte die merkwürdigsten Sachen, zum Beispiel Töpfern bei Mama Stewart, die mit dem Zeug den Souvenirshop in White Oak belieferte. Im Stillen musste ich grinsen: Wenn die Touristen wüssten, dass ihr original nach Yakama-Tradition angefertigtes Kunstwerk von einem weißen Jungen aus Maillico gemacht wurde! Wenn

Jim abends nach Hause kam, half ich ihm beim Abendessenzubereiten, und dann aßen wir gemeinsam. Wir sprachen nicht viel. Er war eher von der stillen Sorte und ich war auch nicht gerade besonders gesprächig. Danach sahen wir ein bisschen fern: Jim war ein großer Fan von Baseball und, wer hätte das gedacht, von alten Musicals. Mich interessierte weder das eine noch das andere, aber ich blieb sitzen, um ein bisschen Gesellschaft zu haben. Immer, wenn ein Spieler einen Ball über das Spielfeld hinaus schlug oder ein Tänzer eine Pirouette drehte und wie verrückt in alle Richtungen hüpfte, drehte sich Jim so halb zu mir, ohne den Blick von der Mattscheibe zu nehmen, und rief: „Mensch, hast du das gesehen? Dolles Ding, was?" Ich glaube, er war froh, dass ich da war, weil ihm seine Kinder fehlten. Zweimal ist er in der Zeit, die ich bei ihm war, nach Spokane gefahren und hat seine Tochter besucht, und sie ist dann an Weihnachten gekommen, sein Sohn aber nicht, er war wohl in Afghanistan stationiert, wenn ich das richtig verstanden habe. Jim betete viel für ihn. Das störte ihn echt, dass ich nicht betete und auch an nichts glaubte. Er fand das traurig, und das stimmt auch, wenn man so drüber nachdenkt. Für ihn war die Welt nie leer, er sprach ständig zu Gott und den Geistern seiner Vorfahren.

Ich kann nicht behaupten, dass ich Jim so liebte wie ich Mike geliebt hatte. Ich war ja kein Kind mehr und irgendwie war er auch nicht diese Sorte Mensch. Mike war 'ne Ulknudel, immer 'nen flotten Spruch auf den Lippen, und wenn wir zusammen waren, hatte ich das Gefühl, er wäre genauso kindisch wie ich. Jim war eher das Gegenteil, der sprach nur, wenn er was zu sagen hatte, und wenn er lachte, war er wirklich SEHR glücklich, wenn ihr wisst, was ich meine. Aber sie hatten eine Sache gemeinsam: Ihre Kinder waren nicht mehr da, und sie ließen es zu, dass ich ein bisschen diesen leeren Platz in ihrem Leben einnahm. Ich für meinen Teil hatte genügend leeren Platz. Kurz, Jim und ich, wir verstanden uns gut, und wer weiß, wie lange wir so miteinander hätten leben können, wenn ich nicht wieder angefangen hätte, Blödsinn zu machen.

Seit ich in Nepawa angekommen war, verhielt ich mich ruhig. Ich hatte nicht mal so ein Tütchen Zucker für in den Kaffee bei Lily mitgehen lassen und bei Jim hatte ich natürlich auch nichts geklaut. Dabei wäre es gar nicht schwer gewesen, einfach alles auf den Pickup zu laden und zu verschwinden. Aber das machte ich nicht. Und dann, eines Tages, es war Juli, wollte Jim seine Tochter in Spokane besuchen, und ich fragte ihn, ob er mich mitnehmen würde. Jim schien das nicht so toll zu finden.

„Also, meine Tochter hat nicht besonders viel Platz, und außerdem erwartet sie doch das Kind …", sagte er.

Ich erklärte ihm schnell, dass ich gar nicht bei ihr wohnen wollte, sondern in einem billigen Motel schlafen würde, und mit dem Essen würde ich auch zurechtkommen. Ich hatte schon kapiert, dass es bei den Treffen mit seiner Tochter zu Spannungen kommen konnte, und ich wollte die Dinge durch meine Anwesenheit nicht noch schlimmer machen. Aber ich brauchte dringend einen kleinen Tapetenwechsel übers Wochenende, denn Nepawa kannte ich inzwischen in- und auswendig. Also nahm er mich mit.

Spokane

Wir sind am Samstagmorgen noch vor dem Morgengrauen aufgebrochen, um nicht in die große Hitze zu geraten, denn Jims alter Pick-up hatte keine Klimaanlage. Spokane ist eine große Stadt, vor allem im Vergleich zu Nepawa, aber nicht so groß wie Seattle. Jims Tochter wohnte in einem hässlichen Gebäude am Stadtrand. Ich wollte nicht mit hoch, um ihr Guten Tag zu sagen. Ich sah ja, dass Jim lieber allein sein wollte. Nach dem bisschen, was er mir erzählt hatte, hatte ich nicht den Eindruck, dass es zwischen den beiden allzu gut lief, seit sie nach Spokane gezogen war. Jim mochte seinen Schwiegersohn nicht besonders, weil er der Meinung war, dass sich die Tochter seinetwegen von der Religion abgewandt hatte. Kurz und gut, wir machten aus, dass er mich am Motel, das wir keine dreihundert Meter entfernt gefunden hatten, abholen würde. Wir gaben uns nicht die Hand oder so, wir dachten ja, dass wir uns am nächsten Tag wiedersehen würden, und sind jeder für sich einfach so losgezogen. Hätte ich gewusst, dass ich ihn nicht wiedersehen würde, hätte ich wenigstens Danke gesagt und

ihn vielleicht sogar in den Arm genommen, obwohl …
ich bin mir gar nicht sicher, ob Jim so einen Gefühls-
ausbruch gut gefunden hätte. Einige Tage später habe
ich ihm dann aus irgendeinem Nest eine Postkarte
geschickt, um ihm zu sagen, dass es mir leidtat, dass
ich weg musste, und Danke, vielen Dank für alles,
ich werd euch nie vergessen, dich und die Leute von
Nepawa. Natürlich konnte er mir darauf nicht antworten. Aber hier, hier hab ich einen Brief von ihm
bekommen. Na ja, jetzt ist es ja auch denkbar einfach,
mich zu finden. Er schrieb bloß: Ich bete für dich,
Harry. Nur Mut. Dein Freund, Jim. Normalerweise
öffne ich die Briefe, die ich kriege, erst gar nicht. Es
interessiert mich nicht, was mir Leute schreiben, die
denken, mich zu kennen, und denen ich noch nie im
Leben begegnet bin. Aber Jim hatte glücklicherweise
einen Briefumschlag mit dem Logo des Yakama-
Reservats benutzt und das war mir sofort aufgefallen.
Ich schätze, ich sollte ihm zurückschreiben, na ja, das
werde ich auch tun, klar.

Aber zunächst will ich von den Begebenheiten in
Spokane erzählen, und warum ich nicht zu Jim zu-
rückkehren konnte, wie ich es zugesagt hatte. Ich lief
in das Motel, stellte meinen Rucksack ab und fragte
den Typen an der Rezeption nach einem Stadtplan.

Ich wollte sehen, wo der Flughafen liegt. Man sollte meinen, dass ich nach meinem Absturz die Nase voll hatte von Flugzeugen. Aber das Gegenteil war der Fall. Wie das oft so ist, hatte ich die ganzen schlechten Momente vergessen und dachte nur noch an das großartige Gefühl, das mich durchströmte, als ich mit der Maschine vom Boden abhob, als vor mir Maillico Island aus dem Meer auftauchte, und wie die Tragflächen die Wolken zerfaserten. Das ist wie bei Drogenabhängigen, die wollen auch immer wieder dieses Gefühl verspüren, wenn sie high sind, und vergessen, wie elend das Runterkommen ist. Ich wollte auch mehr, mehr – egal, ob ich mir die Eingeweide auskotzte oder als ein Klecks Brei auf dem Boden endete.

Ich nahm den Bus zum Flughafen, allerdings nicht den internationalen Flughafen. Ich bin nach Felt Fields gefahren, wo es kleinere private Fluggesellschaften gibt. Eine Embraer landete gerade in dem Moment, als ich ankam, ein zweimotoriger, spitz zulaufender Siebensitzer, sehr elegant. Ich beobachtete, wie sie auf der Piste aufsetzte. Der Pilot landete sie ganz sanft, das sah von hier unten total einfach aus. Ich versuchte dann, in einen der Hangars zu schleichen, aber einer der Techniker hielt mich auf und fragte, was ich wollte.

„Infos zu den Flugstunden", antwortete ich.

Ich hatte nämlich eine Anzeige in der Flughalle gesehen: *Sehen Sie die Welt von oben: Lernen Sie fliegen!* Der Typ hielt mich vermutlich für einen kompletten Idioten, aber er zeigte mir trotzdem das Gebäude, in dem sich die Flugschule befand. Ich dachte nicht im Traum daran, Flugstunden zu nehmen, klar, aber ich bin trotzdem reingegangen, aus Neugier. Die Empfangsdame gab mir die Preise, den Stundenplan und ein Anmeldeformular. Ich fing an, einen falschen Namen und eine erfundene Adresse einzutragen, und da kam ein Kerl in das Büro rein. Als ich den Kopf hob, sah ich, dass er mich aufmerksam betrachtete, dann aber den Blick abwandte und ging. Zwei Minuten später kam er mit einem Papier in der Hand zurück, das er der Frau zeigte. Alle beide schauten mich jetzt mit einer auffällig unauffälligen Mine an, und das war mir gar nicht geheuer. Mit einem Satz stand ich auf und sagte, dass ich jetzt gehen würde, und der Typ ließ überrascht den Zettel auf den Schreibtisch flattern, und da sah ich mein Foto, das sie in Riverview von mir gemachte hatten und auf dem ich echt fies aussah. Mist, das war eine Suchanzeige, eine Belohnungssumme war auch ausgesetzt, allerdings hatte ich nicht die Zeit zu sehen, wie hoch sie war, denn ich floh hinaus auf den Flur, Richtung Ausgang. Hinter mir hörte ich

Schreie und schnelle Schritte. Ich riss die Tür auf, überquerte rasch einen geteerten Vorplatz, lief durch die Halle und über einen Parkplatz und fand mich an der vierspurigen Straße wieder, die am Flughafen vorbeiführte. Es war viel Verkehr, aber ich rannte genau im richtigen Augenblick los und überquerte die Straße, um dann in einer ruhigeren Seitenstraße, die von Lagerhallen gesäumt war, weiterzulaufen. Ich versteckte mich eine Weile auf einem Parkplatz, aber es hatte den Anschein, als würde mir keiner folgen, also lief ich etwas langsamer weiter, bis ich die Stadt hinter mir ließ.

Und so wie ich Spokane verließ, zerriss ich das Band, das mich mit Jim und den Leuten von Nepawa verband. Es gab kein Zurück, also musste ich vorwärts, immer der Nase nach. Es war jetzt ein Jahr her, dass ich Maillico verlassen, und noch länger, seit ich meine Mutter zuletzt gesehen hatte. Die Inseln fehlten mir. Meine Mutter ... ich weiß nicht. Vermutlich auch ein bisschen. Ich beschloss, eine Tour in den Norden zu machen. Wieder mal hatte ich gar nichts: Die paar Sachen, die ich nach Spokane mitgenommen hatte, lagen im Rucksack im Motel. Zum Glück hatte ich ein bisschen Kohle bei mir. Wegen Jim tat es mir leid, mich so aus dem Staub zu machen, aber gleichzeitig war mir auch klar, dass ich nicht ewig bei ihm hätte bleiben können. Ich wusste, dass er nicht zu verwundert über mein Verschwinden sein würde, er ahnte ja, dass die Cops hinter mir her waren. Und das stimmte ja mehr denn je, wenn man die Anzeige am Flughafen bedenkt. Mir wurde klar, dass die Verfolgungsjagd ernster war als je zuvor: Klar, eine Cessna zu besteigen und sie anschließend zu crashen ist einfach was anderes als ein Fahrrad und sogar als einen Mercedes zu klauen. Einerseits fühlte ich mich geschmeichelt, aber andererseits bedeutete das auch, dass mir nicht mehr nur Lieutenant Brown auf den Fersen war, sondern die gesamte Polizei des Staates Washington. Was ich damals nicht wusste war, woher sie sich so sicher waren, dass ich die Cessna auf dem Gewissen hatte, so sicher, dass sie mein Foto an alle Flughäfen im ganzen Land schickten. Inzwischen weiß ich, dass die Polizei keinerlei Probleme hatte, meine DNS zu identifizieren, schließlich hatte ich Proben meines Genmaterials großzügig im ganzen Cockpit verteilt.

Ich beschloss also, mich nicht allzu auffällig zu benehmen: Wenn die mich in Felt Field tatsächlich wiedererkannt und allen Flughäfen der Gegend gemeldet hatten, schied der Luftweg für mich aus, um zur Insel zurückzukehren. Ich blieb lieber mit beiden Beinen auf der Erde. Und ich brauchte auch gar nicht so lang, um nach Maillico zu kommen: Ich klaute hier und da ein Auto, irgendwelche Schrottkarren, bei denen ich davon ausgehen konnte, dass der Besitzer nicht gleich Alarm schlug; und ehrlich gesagt traute ich so noblen Luxuslimousinen seit der Sache mit dem Mercedes auch nicht mehr über den Weg. Wenn der Tank alle war, lief ich zu Fuß weiter. Manchmal nahm mich auch jemand per Anhalter mit, bestimmt wegen meinem netten Gesicht. Mit meinen rosigen Wangen und den blauen Augen sehe ich einfach vertrauenerweckend aus. Deswegen schickten mich Bronco und Tina damals in der *Westwood High School* auch immer als Späher voraus, bevor sie einen Coup landeten, weil Tina ja schwarz und Bronco halber Mexikaner war und die beiden per se misstrauisch angesehen wurden. Wie es die Direktorin sagte: „Er sieht aus, als könne er kein Wässerchen trüben, dieser Harrison Travis, dabei hat er es faustdick hinter den Ohren." Das nur, damit allen klar ist, warum ich mehr als einmal auf meiner Reise von Spokane nach Westwood von Autofahrern mitgenommen wurde. Und da gerade Ferien waren, wunderte sich auch niemand über einen jungen Mann auf Wanderschaft. Manchmal lud mich der Fahrer sogar auf ein Sandwich ein. Den Rest der Zeit

über klaute ich mir Essen in irgendwelchen Super-
märkten. Ich lief Richtung Westen, in die Richtung der
Meeresenge und der Inseln, ohne allzu viel nachzudenken, wie so ein Tier, das man ausgesetzt hat und das
instinktiv wieder nach Hause läuft.

Kleiner Besuch beim Wohnwagen

Irgendwann kam ich dann an der Brücke an, die Maillico mit dem Festland verbindet, und ich wartete, bis es Nacht war, um sie zu überqueren. Ich war zu Fuß, die Karre, die ich zuletzt geklaut hatte, ließ ich auf einem Parkplatz in Westwood stehen und hoffte einfach, dass man keine Verbindung zu mir herstellen würde. Ich konnte mir einfach nicht vorstellen, dass die Cops in jedem geklauten Auto im Staat Fingerabdrücke nehmen würden. In jedem Fall war ich überzeugt davon, dass ich schlauer war als sie und dass sie mich niemals kriegen würden.

Mitten in der Nacht kam ich beim Wohnwagen an und ich wollte meine Mutter nicht wecken. Ich war gute zwanzig, fast dreißig Kilometer gelaufen und ich war echt am Ende. Also verkroch ich mich in den Ford, der seit meinem letzten Besuch wohl vollends zerfallen war. Ich musste an die Nächte denken, als ich mit Donut im Kofferraum des Wagens geschlafen hatte, als er noch ein Welpe gewesen war. Ich hätte zu gern wieder einen Hund gehabt, aber auf der Flucht war das echt unmöglich. Schade. Sobald es geht, will ich einen haben, so viel ist sicher.

Ich schlief wahnsinnig schlecht im Ford. Ich hatte halt nicht mehr ganz die Größe wie damals, als ich mit Donut hier schlief, und es war echt eng. Als ich zum Wohnwagen lief, bewegte sich im Innern noch nichts. Dave machte mir dann die Tür auf. Ich hatte ja gehofft, dass meine Mutter ihn inzwischen abgeschossen hätte, aber er war immer noch da mit seiner falschen Fresse, seinem fettigen Pferdeschwanz und seiner eingefallenen Hühnerbrust. Ich konnte ihn noch nie ausstehen, auch wenn ich zugeben muss, dass ich ihm nicht direkt was vorwerfen konnte, außer dass er ein Nichtsnutz und ein Trinker war. Insofern passte er ja gut zu meiner Mutter. Er rief sie und nach einer Weile tauchte sie dann auch vor sich hin meckernd auf. Oh Mann, sie war echt kein schöner Anblick, wie sie da so stand in ihrem labbrigen Bademantel, den ungekämmten Haaren und der ungesunden Gesichtsfarbe. Aber ihr Lächeln, als sie mich sah, das war echt.

„Mensch, Harrison, wenn ich gewusst hätte, dass du kommst … Hab mich schon gefragt, wo du steckst, die ganze Zeit." Das hat mich gefreut. Sie machte uns

Rühreier und dann kramte sie einen großen Briefumschlag voller Zeitungsausschnitte hervor.

„Jetzt biste nämlich berühmt hier in Maillico", sagte sie. Es waren Ausschnitte aus mehreren Zeitungen, die alle von meinem Absturz mit der Cessna berichteten, die *Maillico Weekly*, die *Westwood Post*, zwei Zeitungen aus Seattle und sogar das Magazin der *Seattle Panorama*, in dem ein Foto von der gecrashten Cessna abgebildet war und auch ein Foto von mir, das ich wiedererkannte. Ich hatte es mal mit einer Kamera, die ich in einer der Villen gefunden hatte, aufgenommen. Der Apparat blieb dann im geklauten Mercedes liegen, mitsamt meinem gespeicherten Selbstporträt. Auf diesem Foto sah ich echt cool aus, irgendwie zufrieden mit mir selbst, als würde ich über allen Dingen des Lebens stehen. Ich glaube, das hat den Journalisten gefallen, denn dieses Foto wurde oft abgebildet.

Ich überflog die Artikel, aber ehrlich gesagt gefiel mir diese mitleidige Art und Weise, wie über mich berichtet wurde, überhaupt nicht: dass ich keine schöne Kindheit hatte und so. Der Artikel der Lokalzeitung war auch nicht besonders nett. Darin erinnerten sie daran, dass ich, seit ich zehn Jahre alt war, Probleme mit der Polizei hatte, und dann listeten sie alle meine Untaten auf, angefangen bei dem bescheuerten Mountainbike, das ich mir auf dem Parkplatz genommen hatte, über sämtliche Querelen an der Schule bis hin zum geklauten Mercedes. Es gab Interviews mit den Leuten, deren Häuser ich bewohnt und denen ich was geklaut hatte. Das meiste stimmte ja, aber dann war da eine Lady, die behauptete, dass ich den Motorroller ihres Sohnes gestohlen hätte. Ich bin noch nie im Leben Roller gefahren, aber gut, es war wohl unvermeidlich, dass inzwischen jeder Diebstahl auf der Insel mir in die Schuhe geschoben wurde. Jedenfalls muss man sagen, die Hälfte von dem, was die Zeitungen berichteten, war kompletter Müll. Ich frage mich wirklich, mit welchem Recht diese Journalisten auf mich spucken. Sie glauben, alles über mich zu wissen, und was sie nicht wissen, erfinden sie kurzerhand. Das ist mit ein Grund, weshalb ich beschlossen habe, meine Geschichte selbst aufzuschreiben.

Es gab aber auch Artikel, die ich gar nicht so schlecht fand. Das waren die, die hervorhoben, dass ich ein Flugzeug geflogen bin, ohne jemals Flugstunden genommen zu haben, und dass ich aus Mansfield abgehauen war und der Polizei seitdem ein Schnippchen nach dem anderen geschlagen hatte, und die von einem „unglaublichen Abenteuer" sprachen. Meine Mutter erzählte mir auch, dass immer wieder Journalisten um den Wohnwagen rumgeschnüffelt haben. Die hatte sie dann mit ihrem Gewehr vertrieben, und ich nehme mal an, dass unter anderem deswegen über sie nicht allzu freundlich berichtet wurde. Aber es hatte nicht den Anschein, als würde ihr das etwas ausmachen. Ganz im Gegenteil, sie schien die Aufmerksamkeit, die man ihr meinetwegen entgegenbrachte, eher schmeichelhaft zu finden. Sie, die sich niemals dafür interessierte, was ich in der Schule machte, die meine Zeugnisse ungelesen in den Abfall warf, sie hatte sich die Mühe gemacht, alle diese Artikel über mich aus den Zeitungen auszuschneiden und zu sammeln.

„Werd ich alle mal in ein Album kleben, wenn ich Zeit hab", sagte sie, und das fand ich echt komisch, denn es war ja nicht etwa so, dass ich 'nen tollen Sportwettkampf oder so was gewonnen hatte.

Drei, vier Tage lang ging alles gut. Dann verbrachten Dave und meine Mutter einen Abend in Whitehaven, und als sie wiederkamen, waren sie total zugedröhnt. Ich hatte ein Einmannzelt, das ich mal in einem Garten hatte mitgehen lassen, in der Nähe des Wohnwagens aufgestellt. Ich wollte nicht im Wohnwagen übernachten, vor allem, weil mein Zimmer inzwischen so was wie 'ne Rumpelkammer geworden war, und außerdem ertrug ich ihre Zweisamkeit nicht. Ich wusste, dass sie, wenn sie getrunken hatten, nur noch wenig Feingefühl an den Tag legten. An diesem Abend aber wollte ich ihre Abwesenheit nutzen, um im Wohnwagen ein bisschen fernzusehen. Wäre ich noch bei Jim gewesen, hätten wir das Baseballmatch Denver gegen Philadelphia oder *Funny Face* geschaut. Aber ich war nicht mehr bei Jim, und ich musste mir nicht den Dreck und die Unordnung um mich herum ansehen, um das zu merken. Das hätte Jim echt verrückt gemacht, wie es im Wohnwagen aussah, und ganz ehrlich, mich störte es auch mehr denn je. Vermutlich hatte mich Jim da irgendwie beeinflusst.

Das alles erzähle ich nur, damit ihr wisst, dass ich gerade dabei war, einen Film zu sehen, der mich echt fesselte, nämlich *Die letzten beißen die Hunde* mit Clint Eastwood. Zu Beginn klaut da ein junger Kerl eine Karre. Der Junge hat rote Wangen und blaue Augen, ein bisschen wie ich, ist aber viel gerissener. Es ist ein alter Film, der von diesem komplett unerfahrenen Dieb erzählt. Der trifft dann eines Tages Clint, der ein richtig erfahrener Gangster ist, und ich dachte mir, dass ich Clint auch gern mal treffen würde, um mit ihm zu zweit auf Tour zu gehen. Aber da kamen Dave und meine Mutter zurück, genau in dem Augenblick, als Clint auf seine alten Komplizen stößt, und es war

131

unmöglich, den Film weiterzusehen. Dave schaute verächtlich auf die Mattscheibe, dann grapschte er nach der Fernbedienung und schaltete auf seinen Lieblingssender um, der den ganzen Tag Country-Musik spielte. Ich wollte wirklich gern wissen, wie der Film endete, und ich legte Protest ein, aber Dave sagte nur, dass ich verschwinden sollte, weil er mit meiner Mutter allein sein wollte. Okay, das war nicht wortwörtlich das, was er sagte, das war viel vulgärer und direkter. Meine Mutter kicherte bloß saublöde rum, sie konnte sich kaum noch auf den Beinen halten, so voll war sie. Ich stieß Dave von mir weg und er sank auf der Küchenbank zusammen, dann lief ich raus, ohne überhaupt auf ihre Beleidigungen zu antworten. Ich hätte nicht so heftig reagieren sollen, schließlich kannte ich meine Mutter und wusste, wie sie war, wenn sie gesoffen hatte, sie war nicht schlecht, es … war einfach stärker als sie. Aber in diesem Moment hatte ich echt die Nase voll von ihr und von Dave sowieso. Früh am nächsten Morgen haute ich ab, ohne mich zu verabschieden. Ich hätte eh nicht ewig bleiben können, schließlich konnte die Polizei jederzeit aufkreuzen.

Ich beschloss mal wieder, Maillico zu verlassen. Es war hier zu gefährlich für mich, zu viele Leute kannten mich und außerdem kannte ich jeden Winkel. Ich wollte was Neues sehen. Ich lief nach Green Grove, einer kleinen Bucht, von der ich wusste, dass es da zu dieser Jahreszeit jede Menge Boote gab. Der Tag war noch nicht wirklich angebrochen, aber es war schon hell genug, um klar zu sehen. Ich steckte alle meine Sachen in eine Plastiktüte, verschloss sie gut und schwamm dann bis zu einem Boot, das einige Meter vom Ufer entfernt ankerte. Das Wasser war kalt und ich bin kein As im Schwimmen, aber ich schaffte es. Ich hatte mir einen Zodiac ausgesucht und lenkte den Bug in Richtung San Pedro, einer Insel im Nord-Osten. Diese Insel in unserer Meeresenge wollte ich kennenlernen. Ich dachte wieder an Barton Island und an Lizzie und den Abend, den wir gemeinsam am Strand von Allenham verbracht hatten. Ich hoffte, dass ich in San Pedro auch nette Mädchen treffen würde. Aber es ist dann alles ganz anders gekommen, als ich es mir gewünscht hatte.

Von San Pedro nach Richmond

mit einem kurzen Zwischenstopp auf Barton Island

Fast wäre mir der Sprit ausgegangen, aber ich kam doch noch auf San Pedro an. Die Insel ist viel größer als Maillico oder sogar Barton, aber da sie weiter vom Festland entfernt liegt, wohnen hier weniger Leute. Es gibt nicht so viele Villen entlang des Strands, und so konnte ich in aller Ruhe an Land gehen.

Auf San Pedro lebte ich wieder in der Wildnis. Nach den acht Monaten bei Jim war ich ehrlich gesagt ein bisschen verweichlicht. Aber ich fand schnell wieder in meine alten Gewohnheiten zurück.

San Pedro mochte ich nicht besonders. Es gab nicht viele Wälder, in denen ich mich verstecken konnte, die Insel war irgendwie nackt, verglichen mit Maillico. Es gab auch nicht so viele kleine Restaurants entlang des Strands wie in Barton, dank derer ich mich durchfuttern konnte. Ich nistete mich in einem alten Bootsschuppen ein und bin mit 'nem Fahrrad, das ich irgendwo gefunden habe, auf der Insel rumgefahren. Ich hab mal hier, mal da irgendwelche Sachen mitgehen lassen, Essen, ein bisschen Kohle, Klamotten. Von Zeit zu Zeit hing ich in der Hauptstadt der Insel, in Taylor Harbor, ab, da war aber nicht besonders viel los. Ich versuchte, mit der Kellnerin der Bar, in der ich öfters mal einen Milch-Shake trank oder einen Teller Pommes aß, zu flirten, aber sie hatte schon einen Freund und gab mir einen Korb. Da hatte ich die Nase voll von San Pedro. Außerdem juckte es mich mächtig in den Fingern, mal wieder zu fliegen, seit meinem letzten Flug war schon fast ein Jahr vergangen.

Der Flugplatz von Taylor Harbor war nichts Besonderes. Die Flugzeughallen waren schrottreif, der Tower echt armselig, die Bürogebäude am Zerfallen. Tagelang beobachtete ich die Flugzeuge, aber eine Cessna war leider nicht dabei. Es gab eine alte Sparton, die mich gar nicht reizte, dann eine Rans S7C, die ich gern ausprobiert hätte, die aber abhob und nicht zurückkehrte, eine Maule, mit der ich mich nicht so gut auskannte und deswegen die Finger davon ließ, und eine Cirrus SR22, die wirklich großartig aussah, die mich allerdings nicht so anmachte wegen ihrer tief angebrachten Flügel. Am Ende entschloss ich mich

135

aber doch für die Cirrus, irgendwie ist sie ja der Rolls Royce in dieser Flugzeugklasse.

Der 11. September war vielleicht nicht das optimale Datum, um ein Flugzeug zu klauen, aber ehrlich gesagt hatte ich darauf gar nicht geachtet. Ich glaube, ich wusste nicht mal, welcher Tag es war: Nachdem ich so lange als Wilder in den Wäldern gelebt hatte, hatte ich jeglichen Begriff von Zeiteinteilung verloren. In den Hangar zu kommen, war kein Problem für mich, und den Schlüssel zu finden auch nicht: Der Kerl hatte ihn quasi vor meiner Nase am Schlüsselbrett hängen lassen. Offenbar fürchtete man mich damals auf den Flugplätzen der Inseln noch nicht. Ich vermute, es konnte sich niemand so richtig vorstellen, dass ich nach dem Absturz mit der Cessna überhaupt noch Lust aufs Fliegen hatte. Oh, ich hatte Lust, riesengroße, aber ich war nicht verrückt: Meine erste Landung war gründlich schiefgegangen und ich hatte mächtig Schiss, das gebe ich zu, aber ich war aus der Sache unverletzt rausgekommen und hatte jetzt den Ehrgeiz, besser zu werden. Das war es doch, was sie uns ständig in der Schule vorbeteten, oder nicht? „Man darf nicht gleich die Flinte ins Korn werfen, wenn etwas nicht auf Anhieb klappt. Dann muss man es eben noch einmal versuchen …“ Und dieses eine Mal hatte ich meine Lektion gelernt.

Das eigentliche Problem war, dass ich nicht wusste, wohin ich fliegen sollte. Ich hatte kein Ziel. Ich wollte eigentlich nur einen schönen Start und eine saubere Landung hinlegen, ein bisschen rumfliegen, die Welt von oben sehen, all die kleinen Menschen und ihre kleinen Geschichten. So beschloss ich, diesmal nicht so weit zu fliegen und auf einer richtigen Piste zu landen, denn so ein unebener Grund wie in Nepawa ist nicht so ideal für einen Anfänger. Ich wollte zum Flugplatz von Barton, wo ich die Cessna geklaut hatte: den kannte ich gut, und das war sicherlich ein Vorteil. Der Flug war kurz, höchstens eine halbe Stunde, und wenn ich im Morgengrauen in San Pedro losflog, würde ich auf Barton landen, bevor der Flugplatz öffnete.

Der Start gelang mir gut und ich hielt das Flugzeug auf relativ geringer Höhe stabil. Es war fast windstill, alles war ruhig, der Motor drehte sich einwandfrei. Diese bescheuerten niedrig angebrachten Flügel machten mir etwas zu schaffen, aber ich hatte dennoch einen schönen Ausblick auf das Meer und die Inseln. Barton Island kam in Sicht und ich flog am Küstenstreifen entlang. Ich schaute nahezu direkt in die Sonne, und ich hatte das Gefühl, mit dem Licht zu verschmelzen. Ich flog schnell auf den Flughafen zu, zu schnell. Ich richtete das Flugzeug nach Süden genau auf die Piste aus und leitete die Landung ein. Ich passte auf, nicht zu schnell aufzukommen, denn die Piste endete quasi direkt im Meer, und ich wollte das Flugzeug nicht versenken. Deshalb war ich wohl noch etwas zu weit oben, als ich das Flugzeug auf dem Boden aufsetzen lassen wollte. Ich hatte den Winkel falsch kalkuliert, das Flugzeug kam viel zu schräg auf. Danach weiß ich nicht mehr so richtig, was passierte … Ich denke, ich schaffte es zu bremsen, bevor sich die Maschine verselbständigte. Dann war plötzlich die Piste über mir und ich wurde fast vom Gurt erwürgt, aber ich verlor nicht das Bewusstsein. Bevor ich mich abschnallte und aus dem Cockpit kroch, tastete ich schnell ab, dass ich nichts gebrochen hatte oder so. Dann sah ich mir den Zustand der Cirrus an. Die Nase war total zerquetscht und hatte ihren Propeller verloren, die Flügel waren nahezu abgerissen und das Fahrgestell war abrasiert. Ich hatte sie ganz schön zugerichtet … Der Motor rauchte wie verrückt und ich machte lieber, dass ich wegkam, bevor sich austretender Sprit am heißen Motorblock entzündete und alles in die Luft flog. Ich stand ganz schön neben mir. Am Fuß des Towers setzte ich mich ins Gras, um erst mal nachzudenken. Gerade wollte ich aufstehen, als ein Polizeiauto mit Sirenen und Martinshorn angebraust kam, gefolgt von einem Feuerwehrauto. Sie hielten am rauchenden Wrack an, und dann drehte das Polizeiauto mit einem Mal und kam mit Vollgas auf mich zu. In dem Augenblick waren meine Ortskenntnisse echt praktisch. Ich sprang auf und verschwand im Wald, der direkt an den Flughafen angrenzte. Wie damals auf Maillico hatte mir der Wald wieder einmal geholfen, meinen Verfolgern zu entkommen. Aber ich wollte nicht auf Barton bleiben, solange mir die Polizei auf den Fersen war. Sie würden den ganzen Wald durchkämmen und mich jagen, bis sie mich gestellt hätten, und so gut kannte ich mich auf Barton nun auch wieder nicht aus. Also fackelte ich nicht lang und rannte schnurstracks zum Bootsanleger, der nicht weit vom Flughafen entfernt war, und sprang in ein Motorboot. Es war ein bisschen groß für meinen Geschmack, aber für Spitzfindigkeiten war echt keine Zeit. Ich wollte schnellstens aufs Festland, wo sie mich nicht so leicht umzingeln konnten: Ich lenkte mein Boot Richtung Nord-Osten.

Der Wind blies mir ins Gesicht, der Außenbordmotor warf riesige Wellen, die mich bis auf die Haut durchnässten, und irgendwie wusste ich nicht mehr, wo ich war, ob im Himmel oder zu Wasser … Die Sonne verwandelte das Wasser in eine glitzernde Decke,

139

die ich mit meinem Boot zerteilte … Die Luft, die Gischt, die Geschwindigkeit, das Licht … mir drehte sich der Kopf. Und einen Mordshunger hatte ich auch.

Die Küste, der ich mich näherte, war flach und gesäumt von Sand- und Kiessträngen. Ich wollte keinesfalls an einem der Yachthäfen vor Anker gehen, und so fuhr ich weiter, bis ich eine einsame Bucht fand. Ich versteckte mich im Gebüsch und schlief eine Weile, bis mich der Hunger weckte. Erst da bemerkte ich, dass ich meinen Rucksack in der Cirrus vergessen hatte. Das war allerdings kein unlösbares Problem, schließlich wusste ich, wie ich mich durchschlagen konnte. Ich wollte mir überlegen, was ich in den nächsten Wochen machen sollte, aber es fiel mir schwer, mit leerem Magen zu denken. Außerdem habe ich ja schon erklärt, dass die Zukunft für mich nicht mehr war als ein gähnendes schwarzes Loch. Ich lebte von einem Tag zum nächsten, und ich dachte kaum weiter als bis zum Ende eines jeden dieser Tage. Und so war ich mit meinem spontan gefassten Entschluss schon völlig zufrieden: Ich wollte warten, bis es dunkel war, mich dann zum Hafen schleichen und mir am Würstchenstand ein paar Hotdogs organisieren. Kalte Hotdogs sind zwar echt eklig, aber ich hatte solchen Hunger, dass ich ein halbes Dutzend in mich hineinstopfte, mitsamt den trockenen Brötchen. Dann legte ich mich in einer Hütte am Strand, in der Liegestühle aufbewahrt wurden, hin und schlief. Es war nicht eben warm, und ich hatte nichts außer einer Plastikplane, um mich zuzudecken. Am andern Morgen zog ich los und versuchte, ein leeres Ferienhaus zu finden. Die meisten Touristen waren jetzt, Mitte September, schon abgezogen, und ich hatte keine Probleme, eine Villa zu finden, in die ich einsteigen konnte. Ich erlaubte mir, ein kleines Reisegepäck zusammenzusammeln, einen Rucksack, etwas zu Essen, ein paar Klamotten, außerdem ein batteriebetriebenes Radio, das gut und gerne zwanzig Jahre auf dem Buckel hatte.

Ich wollte aber nicht in dieser Gegend bleiben. Für meinen Geschmack gab es da viel zu wenig Wald. Außerdem musste ich damit rechnen, dass die Polizei das Boot finden und meine Spur wieder aufnehmen würde. Ich hatte Lust, ins Landesinnere zu wandern, auf die Berge, bevor der Winter anbrach, und vielleicht sogar Washington zu verlassen, denn hier wurde ich langsam ein bisschen zu bekannt. Ich fuhr per Anhalter bis nach Richmond, dreißig Kilometer von der Küste entfernt, und da knackte ich eine Garage, in der ich 'ne Menge Campingzeugs fand: einen Schlafsack, ein GPS-Gerät, eine Taschenlampe, ein Fernglas, einen großen Rucksack. Und das brachte mich auf eine Idee. In der folgenden Nacht brach ich in einem kleinen Supermarkt ein, dessen Schutzgitter ich ebenso schnell öffnete wie die Schublade der Kasse. Viel Geld war nicht drin, aber es reichte mir, und Lebensmittel nahm ich auch mit. Aus einem Rucksack, den jemand am Spielfeldrand des örtlichen Sportplatzes vergessen hatte, klaute ich noch einen Studentenausweis, der auf den Namen Norman Perry lautete. Und so war ich ausgerüstet für meinen Ausflug. Ich nahm den Bus zum Wopatchee-Nationalpark. Die zwei Wochen, die ich da verbrachte, waren wohl die schönsten meines Lebens, auch wenn sie mich um ein Haar das Leben gekostet hätten. Das muss ich euch erzählen.

Der Wopatchee-Nationalpark

Ich hatte ja immer geglaubt, die Wälder und das Leben in der Natur gut zu kennen, aber im Nationalpark, da entdeckte ich erst, was das wirklich heißt. Am Eingang kaufte ich mir eine Eintrittskarte und merkte dabei, dass der Park ungefähr dreißig Mal so groß sein musste wie Maillico. Außerdem lag er mitten in den Bergen. Ein Faltblatt machte darauf aufmerksam, dass man sich keinesfalls abseits der markierten Wege aufhalten und dass man unbedingt auf den eingerichteten Campingplätzen übernachten sollte, und dann wurde noch aufgelistet, welche Gefahren hier überall lauerten, falls man diesen Ratschlägen nicht folgte. Ich hatte nicht eine Sekunde lang vor, sie zu beachten … die größte Gefahr, die mir auflauerte, war geschnappt zu werden und wieder an einem Ort wie Riverview zu landen. Ich glaube, inzwischen denke ich da anders, aber damals machten mir Gefahren für Leib und Leben keine Angst, vermutlich aus dem gleichen Grund aus dem es mir schwerfiel, mir so was wie die

„Zukunft" überhaupt vorzustellen. Ich dachte mir auch, dass es keiner merken würde, wenn ich in den Bergen einfach verschwinden würde. Meine Mutter würde sich nicht sonderlich wundern, wenn sie von mir kein Lebenszeichen mehr erhielt. Sie wäre sicherlich traurig, weil sie nicht wüsste, wo ich stecke, aber diesen Kummer würde sie im Alkohol ertränken … hätte sie fürs Saufen also eine gute Entschuldigung.

Ich hatte keine Ahnung, dass inzwischen zwei junge Kerle aus Seattle eine *Facebook*-Seite über mich eingerichtet hatten, die schon mehr als dreitausend Fans hatte. Aber das änderte nichts an der Tatsache, dass ich allein war und kein Zuhause hatte. „Zuhause" hatte für mich eh nie die große Bedeutung gehabt, den Wohnwagen als „Zuhause" zu bezeichnen fiel mir offen gestanden ein bisschen schwer. Aber jetzt hatte ich gar nichts mehr in dieser Richtung. Ich war auf mich selbst angewiesen, mitten im Nirgendwo. Vorher hatte ich mich in den Villen, in denen ich gewohnt hatte, „zu Hause" fühlen können, auch in meinen Camps in den Wäldern oder im Cockpit eines Fliegers. Und nun also diese Wildnis in den Bergen, die sich endlos vor mir ausbreitete.

Ich holte das GPS-Gerät aus meiner Tasche und verließ den markierten Weg.

Mir fehlen echt die Worte, um diesen Park zu beschreiben, ich kann euch nur sagen: Er war wunderschön. Es war ein Wald aus Tannen, Lärchen und Ahorn. Und wie bunt alles war: Die Lärchen wurden langsam gelb, und der Ahorn leuchtete rot. Die Bäume bedeckten die Hänge und Täler, nur hier und da streckte sich ein mächtiger grauer Felsen dem Himmel entgegen. Kleine Gebirgsbäche durchzogen die Wälder und stürzten sich in Kaskaden die Berge hinab, und hin und wieder stieß ich auf einen kleinen See, in dessen glatter Oberfläche sich die Wolken spiegelten. Ich kannte bislang ja nur das Meer und die Inseln, und die Berge machten auf mich einen tiefen, überwältigenden Eindruck. Vielleicht, weil ich vorher noch nie welche gesehen hatte. Mit der Cessna hatte ich sie überflogen, aber in Anbetracht der schrecklichen Turbulenzen war mir die Schönheit dieser Landschaft offenbar irgendwie entgangen. Und jetzt war ich mittendrin.

Ich war einsamer als je zuvor. Während dieser zwei Wochen habe ich keine Menschenseele gehört, geschweige denn gesehen. Dafür sah ich jede Menge Tiere. Ich verhielt mich ganz still. Das fiel mir nicht schwer, denn ich war ohnehin keiner von der Sorte, der laut singend oder vor sich hin pfeifend herumstiefelt. Ich versuchte ganz im Gegenteil, mich so unsichtbar wie möglich zu machen, am liebsten hätte ich mich komplett in Luft aufgelöst. Von Zeit zu Zeit geschah es, dass ich einige Rehe aufscheuchte, die dann panisch die Flucht ergriffen. Ich sah ihnen nach, wie sie leichtfüßig davonsprangen und ihre kleinen weißen Hinterteile dabei aufblitzten. Ich stellte mir vor, wie ihre Herzen schneller schlugen, wie sich ihre Muskeln unter der Anstrengung anspannten, wie sie ihre ganze Energie aufbrachten für diese überstürzte Flucht. Das fiel mir leicht, ich hatte all das schon selbst erlebt.

Manchmal ließ ich mich auch am Fuße eines Baumes nieder und wartete. Nach wenigen Augenblicken sah ich ein Eichhörnchen. Die hatte ich schon immer gerngehabt, ihre nervöse Lebhaftigkeit, ihre Mimik, wenn sie eine Nuss in die Pfoten nehmen und anfangen daran herumzuknabbern. Auf Maillico hatte meine Mutter eine Zeit lang mal auf Eichhörnchen geschossen, denn angeblich war das Fleisch eine echte Delikatesse und außerdem kostenlos. Zum Glück zielte sie etwa so gut wie eine Gießkanne, aber ich erinnere mich, dass es ihr einmal doch gelang, eines vom Baum zu holen. Das arme Tier war voller Schrotkörner und meine Mutter verlangte von mir, dass ich den kleinen Kadaver säubere und häute. Ich war so sauer auf meine Mutter, dass ich einen Stein nahm und nach ihr warf. Ich traf sie an der Schulter. Damals war ich noch klein, das war noch vor der Zeit mit Mike und Donut. Ich konnte ihr also nicht ernsthaft wehgetan haben, aber sie bekam eine solche Stinkwut auf mich, dass sie völlig außer sich geriet. Ich wartete gar nicht erst ab, was geschehen würde, sondern rannte schnurstracks davon und kam erst mitten in der Nacht wieder. Im Wohnwagen brannten sämtliche Lichter, und als ich durchs Fenster schaute, sah ich meine Mutter auf der Küchenbank, eingewickelt in ihren Schal, wie sie es immer machte, wenn sie so zugedröhnt war, dass sie es nicht mehr schaffte, sich ins Bett zu legen. Ich entdeckte weder Spuren vom Kadaver des Eichhörnchens noch solche, die darauf hindeuteten, dass sie es gegessen hatte. Ich legte mich schlafen. Mein Magen knurrte, denn viel mehr als die Krümelreste aus einer Cornflakes-Packung hatte ich nicht gefunden, aber ich wusste auch, dass ich eher verhungern würde, als ein Eichhörnchen zu essen. Am nächsten Tag suchte ich nach dem kleinen Tier, um es zu begraben, aber ich nehme an, dass eine Katze oder ein Wiesel es mitgenommen hatte.

Im Wopatchee-Nationalpark war es natürlich verboten zu jagen, und deshalb waren die Tiere hier auch nicht besonders scheu. Mit meinem Fernglas beobachtete ich zwei kleine Füchse, einen Grünspecht und einen Waschbären, glaube ich. Das Faltblatt zählte zur *hiesigen Tierwelt* gehörend auch Murmeltiere, Wölfe und Bären auf. Murmeltiere habe ich mal von Weitem gesehen, aber Wölfe zeigten sich keine. Einem Bären, dem bin ich allerdings begegnet …

Ich hatte Lebensmittel mitgenommen, allerdings nicht besonders viele, und ich rationierte meine Portionen, um möglichst lang im Nationalpark bleiben zu können. Ich passte auch auf, dass ich nichts offen liegen ließ, um eben keine Bären oder Ameisen anzulocken. Doch ich machte den Fehler, meine Abfälle in einer Plastiktüte mit mir herumzuschleppen, weil ich sie nicht einfach so in die Natur schmeißen wollte. Und obwohl ich alles gut in der Tüte verschlossen hatte, muss der Geruch von einer eigentlich ziemlich gut ausgekratzten Dose Sardinen so einem Bären in die feine Nase gestiegen sein.

Als ich eines Morgens gerade meine Schuhe zuband, hörte ich, wie im Unterholz Äste krachten. Der Bär tauchte hinter einem Gebüsch auf, keine zwanzig Meter von mir entfernt. Instinktiv stand ich auf, ich wusste, dass es besser war, ihm entgegenzugehen als abzuhauen. Hier hatte ich es nicht mit einem Cop zu tun: Einfach in den Wäldern unterzutauchen, das zog nicht. Der Bär machte es wie ich, er erhob sich. Das Vieh war riesengroß, und, schön und gut, ich war selbst kräftig, aber neben ihm kam ich mir vor wie eine Maus. Ich wusste nicht, was ich tun sollte: Sollte ich rumschreien und mit den Armen fuchteln, um ihm Angst zu machen? Langsam zurückweichen? Ihm meine Vorräte zuwerfen? Während ich fieberhaft nachdachte, bewegte ich mich keinen Millimeter. Ich erinnerte mich daran, dass im Faltblatt gestanden hatte, man sollte in solchen Fällen die Nerven bewahren und ruhig auf den Bären einreden.

„Okay, Bär", sagte ich, „du wirst mich jetzt nicht auffressen oder so, was? Ich bin ein riesiger Tollpatsch, genau wie du, ich esse gern, genau wie du, und ich geh gern ganz allein spazieren, genau wie du. Ich suche keinen Streit, weder mit dir noch mit sonst wem, ich will einfach, dass man mich in Frieden lässt. Die Leute haben mich schon genug genervt, die Cops, meine ich, und die Lehrer und die Erzieher, da wirst du doch jetzt nicht auch noch damit anfangen, oder?"

Der Bär ließ sich wieder auf seine Pfoten fallen und brummte vor sich hin. Ich hatte das Gefühl, dass ihn meine kleine Ansprache eher verärgert hatte, und bedauerte schon, überhaupt den Mund aufgemacht zu haben. Auf einmal ging er auf mich los. Mein Gehirn gab meinem Körper irgendwelche völlig widersprüchlichen Befehle: Renn weg, kletter auf einen Baum, verteidige dich mit deinem Rucksack ... und alles in allem blieb ich wie angewurzelt stehen. Der Bär rannte einige ewig dauernde Sekunden lang auf mich zu, bremste dann mit allen vieren ab, schüttelte den Kopf, und nachdem er mir einen verächtlichen Blick zugeworfen hatte, trollte er sich nach rechts und verschwand mit schweren Schritten. Ich musste lachen. Es war nicht nur ein nervöses Lachen, irgendwie war ich auch voll von Aufregung und Freude: Da hatte ich gerade eine sehr, sehr außergewöhnliche Erfahrung gemacht. Hätte ich Angst gehabt, würde ich das offen zugeben, aber ich hatte keine Angst, ich hatte gar keine Zeit gehabt, welche zu verspüren, so plötzlich und intensiv war diese Begegnung gewesen. Ja, ich denke, das sind solche Momente, die das Leben besonders machen, also einem Bären Auge in Auge gegenüberzustehen oder mitten im Himmel am Steuer eines Flugzeugs zu sitzen. Viele Menschen denken, dass es schwachsinnig ist, für einen Adrenalinkick das Leben aufs Spiel zu setzen, aber es ist mehr als das: Für mich ist es so ... wie soll ich das sagen? Für mich sind das die Augenblicke, wo ich das Gefühl habe, dass mein Leben es wert ist, gelebt zu werden.

Ich wusste, dass mir nach dieser Begegnung alles andere langweilig vorkommen würde, außerdem hatte ich kaum noch was zu essen, und so beschloss ich, meine Wanderung zu beenden und langsam Richtung Ausgang zu laufen. Drei Tage später schrieb der Wachmann dort auf, dass der Student Norman Perry den Nationalpark am 26. September verließ, nachdem er dort zwölf Tage verbracht hatte. Er sagte mir noch, dass ich gut daran getan hätte, nicht länger zu bleiben, denn es waren starke Regenfälle und ein Temperatursturz angesagt. Gerade, als ich unterschrieb, erschien ein älteres Ehepaar am Ausgang. Sie wollten ebenfalls den Park verlassen, nachdem sie da eine Tour mit ihrem Wohnmobil gemacht hatten. Sie berichteten dem Wachmann von ihren Erlebnissen, aber eigentlich sprach nur die Frau, das war eine von diesen alten Quatschtanten, die jedem unaufgefordert eine Kassette ins Ohr drücken und nach fünf Minuten ihr ganzes Leben erzählen. Normalerweise halte ich mich von solchen Tussen fern, aber da spitzte ich doch die Ohren, als sie nämlich verkündete, dass sie nun heim nach Spokane fahren würden. Das bisschen, was ich von Spokane gesehen hatte, hatte ich nicht besonders gemocht, aber ich wusste, dass die Stadt an der Grenze zu Idaho liegt, und Idaho reizte mich: Ich war noch nie so weit im Osten der USA gewesen, und außerdem spielte da dieser Film mit Clint Eastwood, den ich damals nicht zu Ende schauen konnte. Ich mischte mich also, was nicht sehr schwer war, in das Gespräch ein, und gab vor, dass ich ebenfalls auf dem Weg nach Spokane wäre, um meine Tante zu besuchen. Selbstverständlich bot mir die Frau (Betty) einen Platz in ihrem Wohnmobil an, und der Mann (Nick) wurde nicht groß nach seiner Meinung gefragt.

Und so fand ich mich wenig später neben dieser Alten im Wohnmobil sitzend wieder und musste die ganze lange Fahrt bis nach Spokane so tun, als hörte ich mir ihr Gelaber an. Nick, am Steuer, schwieg und murmelte nur dann ein „Ja", wenn Betty ihn „ist es nicht so, Liebling?" fragte, bevor sie mich wieder zutextete. Sie ging mir so was von auf die Nerven, vor allem, wenn sie von ihren Enkelkindern schwärmte. Ich spürte aber doch, wie sehr sie sie liebte, und ich überlegte mir, wie schön es gewesen wäre, solche Großeltern zu haben. Ich hatte ja schon erzählt, dass meine den Kontakt zu meiner Mutter abgebrochen hatten. Und von den Großeltern väterlicherseits muss ich gar nicht erst anfangen …

Wir kamen in Spokane an, als es dunkel wurde, und Betty bestand darauf, dass Nick den Umweg zu meiner angeblichen Tante fuhr. Aber ich versicherte ihr, dass das nicht nötig wäre und ich ein Taxi nehmen würde, schließlich wäre ich dank ihnen schon bis nach Spokane umsonst gereist. Nick machte einen erleichterten Eindruck, er hatte die Nase voll vom Autofahren und vor allem von dem endlosen Redefluss seiner Frau, er wollte einfach nur noch nach Hause und ins Bett, das war klar. Betty steckte mir ein Sandwich zu, das mittags übrig geblieben war, und drückte mir zwei feuchte Küsse auf die Wangen, und dann sagte sie mir noch, dass ich ein guter Junge wäre, und dass es wirklich schade war, dass ich keine Großeltern mehr hätte (denn ich hatte ihr erzählt, dass sie alle tot wären), denn sie wären sicherlich sehr stolz gewesen, einen so guten Jungen wie mich zum Enkel zu haben ... und sie hätte sicherlich noch stundenlang auf diese Tour weitergemacht, wenn Nick nicht angefangen hätte zu drängeln, und so stieg ich aus und winkte ihnen, bis das Wohnmobil um die Ecke verschwunden war.

Meine Tour durch Idaho

Da stand ich nun, wie bestellt und nicht abgeholt, auf diesem Bürgersteig neben dem Taxistand. Ich dachte drüber nach, zu Jims Tochter zu laufen, an ihre Adresse erinnerte ich mich noch einigermaßen, aber ich war mir nicht so sicher, ob sie mich mit offenen Armen aufnehmen würde, und so ließ ich es lieber bleiben. Stattdessen aß ich das Sandwich, das mir Betty überlassen hatte, und dann aß ich noch einen Cheeseburger in einer Bar, und danach erkundigte ich mich beim Kellner, wo der Busbahnhof war. Eigentlich wusste ich nicht so richtig, wohin die Reise gehen sollte, ich wollte einfach nur diese Tour durch Idaho machen. Der Typ am Busbahnhof sagte mir, dass der Bus Richtung Osten nach Montana schon weg war, und dass der nächste Bus nach Idaho am frühen Morgen abfahren würde, allerdings in nordöstlicher Richtung nach Kanada. Ich löste ein Ticket in das nördlichste Nest überhaupt, direkt an der kanadischen Grenze, nämlich Bonners Ferry. Der Typ öffnete mir dann den

Wartesaal und ich schlief ein Weilchen, obwohl die Sitze ganz schön ungemütlich waren. Das ist der Vorteil, wenn man es gewohnt ist, draußen zu schlafen: Man kann dann eigentlich überall gut einschlafen.

Der Tag war noch nicht richtig angebrochen, als mich eine aufkommende Unruhe weckte. Ich stieg in den Bus ein, und mit mir etwa zehn so Hinterwäldler, die keinen allzu wachen Eindruck machten – und damit will ich nicht sagen, dass sie nicht genug geschlafen hatten, wenn ihr wisst, was ich meine. Der Bus verließ Spokane in Richtung Norden. Die Straße war menschenleer, wir kamen gut voran, und irgendwann bin ich wieder eingeschlafen, bis jemand neben mir mich mit dem Ausruf weckte: „Ah, jetz simma wieder in Idaho!" Ich öffnete ein Auge und blinzelte aus dem Fenster. Wir waren in einer Stadt, die Newport hieß und die genau auf der Grenze zu Idaho lag. Also, den ganz großen Unterschied zwischen dem einen und dem anderen Staat habe ich jetzt nicht entdeckt, muss ich sagen. Aber ich war froh, zum ersten Mal in meinem Leben aus Washington draußen zu sein. Danach fuhren wir durch ein hübsches Tal, immer zwischen Hügeln voller Wälder hindurch. Es war eine echt ländliche Gegend, und jeder schien hier jeden zu kennen, jedenfalls begrüßten die Bauern, die einstiegen, die anderen, als würden sie sie schon ewig kennen. Ich wurde neugierig beäugt, aber es sprach mich niemand an. Ich döste schon wieder vor mich hin, als plötzlich ein bekanntes Geräusch meine Aufmerksamkeit fesselte: Es war der Motor eines kleinen Flugzeugs, ganz nah. Ich drehte den Kopf und da entdeckte ich eine Cessna, die gerade zur Landung ansetzte. Eine kleine Cessna 152, Zweisitzer.

„Hey", sprach ich den Kerl, der auf der anderen Seite des Gangs saß, an. „Gibt es hier einen Flugplatz? Ist das der von Bonners Ferry?"

Der Typ schaute mich ein bisschen argwöhnisch an, aber dann antwortete er mir trotzdem: „Mir sin in fünf Minuten 'n Bonners Ferry, aber da gibs kein Flugplatz, des Flugzeug, des ghört dem Jennings, des is einer vonnen ganz großen Farmern hier."

„Ach, was Sie nicht sagen, da müssen die Ranches hier ja enorm groß sein, wenn man ein Flugzeug braucht, um sich fortzubewegen", sagte ich, damit er das Thema noch etwas vertiefte.

„Jau, des kamma wohl sagen, große Ranches, aber Jennings is der Einzigste, der wo ne Flugzeugpiste unne Maschine hat."

Damit erhob er sich und zog seine Jacke an, weil wir in Bonners Ferry ankamen. Und in meinem Kopf fuhren meine Gedanken Karussell. Ich bin echt völlig verrückt nach Flugzeugen. Während ich da durch den Wopatchee-Nationalpark gekraxelt bin, hatte ich überhaupt nicht dran gedacht, da war ich ja mit anderem beschäftigt. Aber kaum bin ich wieder in der Nähe meiner Droge, kenne ich nur noch eins: fliegen! Und in Idaho hatte ich ja nichts Spezielles zu tun, oder? Warum also nicht dieses Flugzeug klauen und noch einmal versuchen, es ohne Crash zu landen? Das hatte ich bislang noch nicht geschafft, und es wurde Zeit, dass ich besser wurde. Außerdem sah ich auf den ersten Blick, dass Bonners Ferry nicht die Sorte Kaff war, wo man unbemerkt rumhängen konnte, wenn man nicht von hier war. Hier konnte ich nirgends in ein Haus einsteigen, nicht mal das Notwendigste klauen, denn in Bonners Ferry blieben die Leute daheim, und wenn doch mal niemand da war, passten mindestens drei oder vier Wachhunde auf. Es war also ziemlich riskant für mich, länger zu bleiben als unbedingt nötig, und diese Cessna, na ja, die wurde mir quasi auf dem Silbertablett serviert, diese Gelegenheit konnte ich unmöglich verstreichen lassen.

Ich kaufte mir von meinem letzten Geld was zu Essen, und dann machte ich mich auf zur Ranch der Jennings. Die war leicht zu finden, ich musste einfach der

Straße folgen, die ich mit dem Bus gekommen war. Die Piste fand ich ebenfalls mit Leichtigkeit: Sie war ungeteert, aber in einem sehr guten Zustand, und die Cessna parkte im Hangar, der sperrangelweit offenstand. Das war also schon mal alles optimal. Ich ging nicht zu nahe ran, damit mich niemand bemerkte. Den ganzen Nachmittag über beobachtete ich, von den Zweigen eines Ahorns verborgen, durch mein Fernglas das Kommen und Gehen der Ranchbewohner. Ein Typ, der ganz wie der große Chef aussah, der berühmte Jennings also, sprach eine Weile mit einem Jungen, der gerade dabei war, das Tor zu einer Weide zu reparieren. Dann stieg er in einen nagelneuen Range Rover ein und zischte Richtung Stadt ab. Mrs Jennings, jedenfalls nahm ich an, dass sie das war, kam aus dem Haus und arbeitete eine Weile an einer Blumenrabatte. Das erinnerte mich wieder daran, wie gern ich unserer Nachbarin auf Maillico, Mrs Danes, in der Hecke versteckt dabei zugesehen hatte, wie sie ihre Rosen umsorgte. Mrs Jennings war älter und dicker, aber irgendwie war sie derselbe Typ Frau, die immer alles sauber und ordentlich hielt. Alles lief richtig und gut auf dieser Ranch, das sah man sofort, rund um das Haus war es aufgeräumt, es grünte und blühte, und es stand nicht der ganze Krempel rum, der sonst oft um solche

Ranches rumfliegt. Als der Junge fertig war mit der Reparatur des Gatters, bot ihm Mrs Jennings einen Kaffee auf der Veranda an, und dann holte er ein Pferd aus dem Stall, stieg auf und galoppierte in die Hügel davon. Darauf hatte ich auch Lust. In Nepawa hatte Jim mir gezeigt, wie man reitet, aber er hatte kein eigenes Pferd, und so ergab sich für mich nicht allzu oft die Möglichkeit zu üben. Ich bin wirklich kein guter Reiter, aber ich würde gern einer werden. So mitten in der Natur mit dem Wind um die Wette zu galoppieren, ich glaube, dabei würde ich mich auch sehr lebendig fühlen.

Mr Jennings kam am späten Nachmittag wieder nach Hause, und als er aus dem Auto stieg, wurde er stürmisch von einem schwarz-weißen Hund begrüßt. Er kniete sich hin, um den Hund zu streicheln, und da war er mir echt sympathisch, dieser Mr Jennings, der Flugzeuge und Hunde so mochte. Fast bekam ich ein schlechtes Gewissen, weil ich ihm die Cessna klauen wollte, aber dann sagte ich mir, dass ich sie ja nicht kaputt machen wollte, und da war es doch eigentlich so, als würde ich sie mir ausleihen. Tatsache ist, dass ich sie in einem ziemlich hässlichen Zustand zurückgelassen habe, und das wurmt mich wirklich bis heute. Ich hab ihm deswegen auch vor gar nicht allzu langer

Zeit mal geschrieben, um ihm zu sagen, wie leid es mir tut und dass ich hoffe, die Versicherung würde für den Schaden aufkommen. Er hat mir nicht geantwortet … Na gut, ich denke, ich darf nicht zu viel erwarten.

An diesem Tag also war das Flugzeug noch in einem ganz hervorragenden Zustand und gut im Hangar untergebracht, und Mr Jennings umarmte seine Frau, die zur Begrüßung vor das Haus getreten war, ohne zu ahnen, dass ich ihn aus einiger Entfernung beobachtete und bald darauf seine Cessna mit einem Fremdem im Cockpit davonfliegen würde. Sobald es dunkel genug war, nahm ich die Piste in Augenschein. Sie war kurz, deswegen müsste ich recht schnell abheben. Die Cessna war nicht mal abgeschlossen. Mr Jennings war offenbar nicht besonders misstrauisch. Wer würde schon ein Flugzeug klauen? Außer mir?

Die hübsche kleine Cessna 152

und was ich damit angestellt habe

Ich zog die Cessna raus, setzte mich hinter das Steuer und fühlte, wie mich dieses Gefühl aus Aufregung, Angst und Macht durchströmte, das ich schon so gut kannte. Am liebsten wäre ich sofort gestartet und zu den Sternen geflogen, aber nachts zu fliegen wäre wirklich bescheuert gewesen. Und so checkte ich, dass alles klar war für den Start, und legte mich dann im Hangar in meinen Schlafsack, um noch ein bisschen zu schlafen. Ich war wie besessen von dem Gedanken, dass ich bald wieder fliegen würde, und ich konnte an nichts anderes denken.

Meine Armbanduhr weckte mich kurz vor dem Morgengrauen. Ich nahm mir kaum Zeit, meine Sachen zusammenzupacken und was zu essen. Ich saß fest im Sitz des Cockpits, als das Sonnenlicht die Nacht vertrieb. Der Motor startete ohne Probleme, der Propeller drehte sich in der kalten Morgenluft immer schneller und schneller. Ich brachte die Cessna an das Ende der Piste und startete durch. In der Sekunde, als sich die Räder vom Boden lösten, machte mein Herz in meiner Brust Freudensprünge, als wollte es sich ebenfalls von meinem Körper lösen. Wie der Wind flog die Cessna willig in den Himmel hinein, ich spürte ihre Energie unter meinen Händen, und plötzlich musste ich wieder an den Typen denken, der gestern auf dem Pferd geritten war. Ich hielt sie stabil auf mittlerer Höhe und ich glaube, in diesem Augenblick wurde mir mit einem Mal bewusst, dass ich gar nicht wusste, wohin ich überhaupt fliegen wollte. Das wird euch dämlich vorkommen, und irgendwie war es das ja auch, aber ich hatte noch nicht einmal drüber nachgedacht, an welchem Ort ich landen wollte: Ich hatte nur eins im Kopf, und das war das Fliegen. Aber jetzt musste ich eine Entscheidung treffen. Ich flog gerade Richtung Norden, auf Kanada zu, womöglich hatte ich die kanadische Grenze sogar schon überquert. Mir kam der Gedanke, wie schön das wäre, in Kanada zu leben und noch mal bei null anzufangen … Aber mir war klar, dass das eine blöde Idee war. Schließlich war ich gerade dabei, unerlaubt in den kanadischen Luftraum einzudringen. Ich würde zusätzlich zu den amerikanischen Cops die kanadische Polizei an den Hacken haben.

Am Ende lenkte ich die Cessna Richtung Süd-Westen, denn es war nun mal so, wie sehr ich auch grübelte: Ich wusste nicht, wohin ich sollte, und so flog ich instinktiv nach Hause, zu den Inseln in der Meeresenge. Das war 'ne ganz schöne Strecke, ungefähr fünfhundert Kilometer, das würde gut drei Stunden dauern, falls ich keinen Gegenwind hatte. Ich warf einen Blick auf die Treibstoffanzeige: Das müsste eigentlich klappen. Im Nachhinein gesehen war es nicht so schlau, bis nach Idaho zu reisen, nur um dann wieder zur Meeresenge zurückzukehren, zumal der Crash mit der Cirrus auf Barton Island keine drei Wochen her war. Aber ich sah keine andere Möglichkeit.

Das Wetter war ruhig, der Himmel bedeckt. Die Wolken hingen tief, und ich flog auf dreitausend Fuß über sie hinweg. Nur ab und zu gab es eine kleine Wolkenlücke, durch die ich die Erde sehen konnte. Das war alles ganz anders als bei meinen beiden ersten Flügen. Es kam mir vor, als wäre ich jenseits von allem. Jenseits wovon? Jenseits der normalen Welt mit all ihren kleinen, nervigen Ärgernissen. Die Landschaft um mich herum bestand nur aus watteweichen weißen Hügeln, das sah aus wie ein riesengroßes Bett mit

Hunderten von Kissen, in die man sich einkuscheln möchte. Der Motor der Cessna lief super, in meinem Rücken schickte die Sonne ihr funkelndes Strahlen über die Wolkenmassen, von denen sich die Leute unten sicherlich schon so gut wie erdrückt fühlten. Ich verlor so ein bisschen das Zeitgefühl, bis auf einmal ein Wind aufkam, der die Wolken zerriss und die Cessna schüttelte.

Ich näherte mich dem Gebirge und hatte Angst, in ein Gewitter zu geraten wie bei meinem ersten Flug. Aber zum Glück hielt sich der Wind an diesem Tag in Grenzen und ich hatte das Flugzeug die ganze Zeit über unter Kontrolle. Irgendwann hatte ich das Gefühl, dass ich den Kamm der Kaskadenkette überflogen hatte, und da fühlte ich mich dann ganz sicher. Das war ein Fehler. Zehn Minuten später fing der Motor an zu stottern. Ich warf einen Blick auf die Treibstoffanzeige und begriff, dass ich ganz schön in der Scheiße steckte: Der Tank war leer. Ich war zwar nur noch etwa dreißig Kilometer von der Meeresenge entfernt, aber das war in meinem Fall zu weit. Als ich dachte, ich hätte genug, um nach Barton oder San Pedro zu kommen, hatte ich mich verkalkuliert. Zwar nicht sehr, aber das änderte jetzt auch nichts am Problem. Die Wolken waren glücklicherweise verschwunden, sodass ich eine klare Sicht hatte und gut sah, dass ich die Ebene noch nicht erreicht hatte. Ich leitete ziemlich abrupt die Landung ein, aber wo sollte ich auf diesen mit Bäumen bewachsenen Hügeln landen? Der Motor stotterte nun immer häufiger, ich senkte die Maschine auf tausend, auf fünfhundert Fuß. Da sah ich plötzlich so etwas wie eine große Lichtung. Es war der abgeholzte Hang eines Hügels, der eine Neigung von etwa fünfzehn Grad hatte, alles andere als geeignet für eine sichere Landung, aber ich hatte keine Wahl. Ich versuchte, die Cessna parallel zur Neigung auszurichten, um dann zu landen, und hielt mich fest. Der Aufprall war schrecklich. Im Vergleich dazu war meine Landung in Nepawa sozusagen formvollendet. Ich glaube, das Flugzeug schlug ein paar Mal auf, neben mir sah ich, wie der linke Flügel in zwei Stücken Richtung Himmel flog. Am schlimmsten aber war dieses Geräusch von zerknirschendem Blech, ein ohrenbetäubender Höllenlärm. Danach wurde erst mal alles schwarz.

Als ich wieder munter wurde, war mein erster Gedanke, dass ich nicht tot war, mein zweiter, dass ich nicht befürchten musste, der Tank würde explodieren, weil er ja komplett leer war, und mein dritter, dass ich irgendwie aus diesem Schrotthaufen rauskommen musste. Das war gar nicht so schwer, stellte ich dann fest, denn der Rumpf des Flugzeugs war in zwei Hälften zerbrochen, und das direkt hinter meinem Sitz. Viele Leute sagen heute, es sei ein Wunder, dass mir so gut wie nichts passiert ist. Ich hatte nur einen tiefen Schnitt am linken Arm und einige kleinere im Gesicht und auf der Brust, die von der zersplitterten Windschutzscheibe herrührten. Ich machte, dass ich aus dem Wrack rauskam, und dann sah ich die Bescherung: Die hübsche kleine Cessna, die Mr Jennings immer so wunderbar gepflegt hatte, war atomisiert. Ich Depp! Ich war echt wütend auf mich, weil ich dieses schöne Flugzeug von diesem netten Kerl geschrottet hatte. Wäre ich gleich Richtung Meeresenge geflogen, statt vorher noch diesen bescheuerten Umweg über Kanada zu machen, wäre ich mit genau dem letzten Tropfen Sprit auf dem Flugfeld von Barton Island gelandet. Aber was geschehen ist, ist geschehen, wie man so sagt, und ich hatte nicht vor, mir mein Leben mit Vorwürfen zu versauen.

Es gelang mir, meinen Rucksack aus den Überresten zu retten und dann suchte ich den Schutz der Wälder auf. Zum Glück hatte ich einen guten Schlafsack, denn es war nicht eben warm in diesem Herbst in den Hügeln. Ich hatte ein bisschen Schiss, dass mir wieder ein Bär begegnen würde, ich glaube, das hätte ich in meinem Zustand nicht überlebt. Aber vermutlich gab es außerhalb des Naturschutzparks gar keine Bären und sowieso hatte der Krach des Aufpralls mit Sicherheit alle wilden Tiere im Umkreis verjagt. Ich schlief den ganzen Nachmittag lang wie ein Stein und die darauffolgende Nacht auch noch: Ich war wirklich ganz schön fertig, könnt ihr glauben.

Nach meinem Dornröschenschlaf war ich wieder ganz ich selbst und in der Lage nachzudenken: Ich war nicht weit von der Küste, von der Meeresenge und von Maillico entfernt, und es würde mir guttun, mich ein Weilchen auszuruhen. Allmählich hatte ich die Nase voll davon, immer unterwegs zu sein, schließlich schlief ich jetzt seit zwei Monaten unter freiem Himmel, und ich würde gerne wieder mal duschen, auf einer Matratze schlafen, saubere Klamotten anziehen. Meinen Arm würde ich auch gern versorgen, ich hatte Angst, dass sich die Wunde entzündete. Ich begann meinen Abstieg geradewegs in östlicher Richtung. Ich war noch keine halbe Stunde gelaufen, als mich ein unglaublicher Lärm zusammenzucken ließ: Direkt über meinem Kopf überflog ein Hubschrauber den Wald. Ich nehme an, dass ein Radar die Cessna im Morgengrauen erfasst hatte oder dass irgendjemand von Weitem gesehen hatte, wie sie abstürzte, und dass der

167

Hubschrauber nun die Lage checken wollte. Er drehte noch einen Moment lang seine Runden, und dann konnte ich das Geräusch des Motors nicht mehr hören. Er hatte wohl das Wrack gesichtet und war gelandet. War besser, wenn ich hier schnellstmöglich verschwand. Ich lief weiter den Hügel hinab und verbarg mich dabei immer zwischen den Bäumen, was echt gut war, denn mit einem Mal kamen über die kleine Straße, die den Wald durchquerte und die ich durch das Unterholz sehen konnte, mehrere Polizeiautos.

Es hat mir fast den Boden unter den Füßen weggerissen, als ich auf einer der Autotüren die Abkürzung SWAT las. Das steht für *Special Weapons and Tactics* und ist die Polizeielite schlechthin. Die mobilisieren die SWAT, so ein Sondereinsatzkommando, für mich? Ich konnte es nicht fassen. Aber was sonst sollte sie in diesen gottverlassenen Winkel führen, wenn nicht die gecrashte Cessna? Die Sache wurde nun wirklich brenzlig für mich.

Es fing an zu regnen, und obwohl ich eine Regenjacke anhatte, war ich bald völlig durchweicht. Mein Arm tat weh, ich war müde, durchgefroren und einen Augenblick lang überlegte ich, mir einen Unterschlupf zu suchen. Aber den Gedanken schob ich schnell wieder beiseite: Ich hatte die SWAT auf den Fersen, die würden bestimmt den Wald bis aufs letzte Mauseloch filzen. Nach dem Zustand des Flugzeugswracks zu urteilen, würden sie wohl denken, dass ich ziemlich übel zugerichtet und noch nicht allzu weit gekommen war. Sicherlich dachten sie nicht im Traum daran, dass ich in Windeseile durch den Wald floh, wie ich es gerade tat, und ganz sicher auch nicht, dass ich auf dem Weg Richtung Meeresenge war. Bei meiner Mutter, das war doch der letzte Ort, an dem ich Zuflucht suchen würde, logisch, oder? Also würde es auch der letzte Ort sein, an dem sie mich suchen würden, sagte ich mir. Und so rannte ich weiter, wie geplant, Richtung Küste.

Mein letzter Besuch im Wohnwagen

Gegen Abend kam ich in Louisville an, nachdem ich gute zwanzig Kilometer gelaufen war. Ich hatte seit dem Unfall kaum was gegessen, und meine Beine fühlten sich an wie Watte. Aber ich wusste, dass ich in einer halben Stunde am Anleger des Jachthafens von Pointe Rousse stehen und dass ich von dort aus schon die Küste von Maillico sehen würde. Das gab mir neuen Mut. Am Hafen lief ich eine Weile umher, um ein Boot zu suchen, und als ich gefunden hatte, was ich brauchte, wartete ich auf die Nacht, um dann an Bord zu gehen, das Schloss zu knacken und mich davonzumachen. Das war inzwischen so was wie Routine für mich geworden, man kann sagen, dass ich in ziemlich kurzer Zeit ein Meister im Diebstahl motorisierter Fortbewegungsmittel zu Land, Wasser und in der Luft geworden war.

Ich ging nahe der Cassidy Lane an Land, an einem klitzekleinen Strand an der Südspitze, den ich, als ich klein war, „den Strand der Tränen" genannt hatte, denn dahin hatte ich mich verzogen, wenn es zu Hause gar nicht mehr ging. Ich konnte das Boot nicht einfach weiterfahren lassen, denn in dieser Gegend gab es keine Strömung, und wenn man es einfach so herrenlos herumgondeln gesehen hätte, hätte das sicherlich die Cops auf den Plan gerufen. Also versteckte ich es hinter ein paar Felsen. Es war schon fast Mitternacht, als ich das Ende der Cassidy Lane erreichte. Ich beobachtete die Umgebung genau, bevor ich mich weiter näherte, aber alles schien ruhig zu sein: keine Cops zu sehen. Der Wohnwagen war dunkel, meine Mutter schlief wohl, zusammen mit diesem widerlichen Dave vermutlich. Die Tür war verschlossen, aber diesmal hatte ich echt keine Lust, die Nacht über draußen zu warten, und ich trommelte gegen das Fenster.

„Ich bin's, Harrison", schrie ich gleichzeitig, weil ich auch echt keine Lust hatte, einen Schuss aus der Schrotflinte verpasst zu kriegen. Einen Augenblick später ging das Licht an.

„Scheiße, Harrison, das kann nicht wahr sein!", sagte meine Mutter. Komisch, sie war gar nicht stinkig, obwohl ich sie geweckt hatte. Sie hatte sogar richtig gute Laune, als hätte sie getrunken, aber nicht zu viel. „He, Dave, beweg deinen Hintern, zum Teufel,

Harrison ist da, Harrison ist da!", wiederholte sie mehrmals, bevor sie in Lachen ausbrach. „Grade heute ham wir viel von dir gesprochen", sagte sie zwischen zwei Hicksern. „Also stimmt das? Warst das wirklich du, der das Flugzeug in Idaho geklaut hat? Im Radio sagten sie das nämlich, mit – wie ham sie das gesagt? – ‚mit an Sicherheit grenzender Wahrscheinlichkeit', so was in der Richtung. Aber ich wusste gleich, dass du das warst. Das hab ich auch diesem Reporter gesagt, der mich angerufen hat, ein Journalist von *Fox News*, stell dir mal vor! ‚Ich hoff doch sehr, dass er das war, das mit dem Flugzeugdiebstahl', hab ich ihm gesagt, ‚jedenfalls könn Se mir glauben, dass er verdammt noch mal absolut das Zeug dazu hätt.' Also, stimmt es, warst du's?"

„Ja, Mum, war ich", antwortete ich.

„Und stimmt es, dass du eine Waffe hast?", fuhr sie völlig aufgekratzt fort. „Die sagen, dass du die Dienstwaffe aus dem Auto von so 'nem Cop in Spokane geklaut hättest."

„Nee, das stimmt nicht."

„Dacht ich mir. Hab ich diesem Schnüffler von *Fox News* auch gesteckt, dass du Waffen nicht leiden kannst, wolltest ja nicht mal auf so 'n olles Eichhörnchen schießen, du Pfeife, und das hab ich ihm dann auch gesagt, 'ne Waffe, nee, das würde mich doch sehr wundern."

Ich unterbrach sie. Ich war echt am Ende, und mein Arm tat irrsinnig weh. Dave hat mir dann Alkohol drübergekippt und einen Verband drumgebastelt. Meine Mutter fühlt sich nicht so zur Krankenschwester berufen, hat sie mir schon früher immer versichert, wenn ich mit 'nem Aua ankam. Wenn ich wirklich mal Hilfe brauchte, ging ich zu Mrs Jercinski oder zu Mrs Danes. Dave war jetzt auch nicht sowas wie 'n Wunderheiler, aber er tat sein Bestes, und mir ging es allein bei dem Gedanken, dass sich meine Schnitte nicht entzünden würden, schon besser. Danach aß ich ein paar Sachen, die ich im Kühlschrank fand, und dann legte ich mich auf der Küchenbank schlafen, denn in meinem Ex-Zimmer lag so viel Krempel rum, dass man keinen Fuß reinsetzen konnte.

Am nächsten Tag baute ich mein Ein-Mann-Zelt wieder auf, das seit meinem letzten Aufenthalt im Sommer sein Dasein in einer Ecke des Grundstücks gefristet hatte. Das Zelt hatte mehrere Vorteile. Einerseits wollte ich möglichst wenig Zeit im Wohnwagen bei meiner Mutter und Dave verbringen, denn das würde wie immer in Zank und Streit enden. Aber diesmal brauchte ich wirklich eine längere Pause, um wieder zu Kräften zu kommen, also wollte ich nicht riskieren, nach drei Tagen wieder abhauen zu müssen. Andererseits erlaubte mir das Zelt, in null Komma nichts zu verschwinden, falls die Polizei auftauchte. Was mir nicht erspart bleiben sollte.

Aber zunächst hatte ich zwei Wochen lang meinen Frieden. Ich blieb ganz ruhig, las meine alten *Flugzeugtourismus-* und *Endloser Himmel*-Zeitschriften und bewegte mich insgesamt nicht allzu viel. Nur zwei, drei Mal unternahm ich eine kleine Tour durch die Nachbarschaft, um mich mit ein paar Dingen auszustatten, die mir fehlten: eine Fotokamera, Kleidung und noch einen Schlafsack. Ich nutzte die Gelegenheit, um ins Internet zu gehen: Ich gab auf Google meinen Namen ein und ich gebe zu, dass ich ehrlich überrascht war. Meine Mutter hatte mir ja von den Journalisten erzählt, die versuchten, sie über mich auszuquetschen, und die zahlreichen Artikel, die sie immer noch ausschnitt und sammelte, hatte sie mir auch gezeigt. Aber ich hatte nicht erwartet, so viele Seiten zu finden, auf denen es über mich ging.

Ich war jetzt nicht nur über die Grenzen von Maillico, sondern auch über die des Staates Washington hinaus berühmt, denn auch einige Zeitungen in Idaho hatten nach dem Absturz der Cessna 152 über

174

mich berichtet. Am meisten überraschte mich allerdings die *Facebook*-Seite, die meinen Namen trug: Ich hatte schon über dreitausend Fans, die Nachrichten wie *Super, Harry, klau weiter, lol!* hinterließen. Das hat mir schon irgendwie gefallen, ja, aber noch mehr ging es mir auf die Nerven. Ich mag es nun mal nicht, wenn man sich in meine Sachen einmischt und kommentiert, was ich mache. Und Kommentare gab es zuhauf auf dieser Seite, von total bewundernd bis total streng, die regten sich darüber auf, dass *ein kleiner dreckiger Dieb zum Helden erhoben wird.* Dann gab's noch die, die vor Mitleid für diesen *armen Jungen, der ohne Halt und ohne Liebe aufwachsen musste,* förmlich zerflossen. Diese letzte Kategorie ging mir zweifellos am meisten auf den Keks: Wer will schon Mitleid ernten, dann doch lieber Empörung, oder?

Aber bei meinen Einbrüchen in der Umgebung war ich diesmal wohl weniger vorsichtig, denn die werden es wohl gewesen sein, die die Cops hellhörig werden ließen. Eines Morgens, als ich glücklicherweise an der Küste von Blue Moon Beach einen Spaziergang machte, tauchte eine Einheit der SWAT in der Cassidy Lane auf und umzingelte den Wohnwagen, die Gewehre im Anschlag. Meine Mutter war außer sich und Dave hatte alle Hände voll zu tun, sie davon abzuhalten, die

175

Flinte rauszuholen. Sie versuchte, die Typen in ein Gespräch zu verwickeln und sie davon zu überzeugen, dass sie mich seit Monaten nicht mehr gesehen hätte, aber da fanden sie das Zelt und darin die Sachen, die ich hatte mitgehen lassen, und da konnte sie ihnen noch so oft sagen, dass sie komplette Vollidioten wären, ihre Lügen kauften sie ihr nicht mehr ab. Also gab sie zu, dass ich da gewesen war und fügte noch an, dass ich vor drei Tagen abgehauen sei. Das schienen sie ihr zu glauben, denn sie zogen ab, aber sie würden wiederkommen, so viel war sicher.

„Du musst hier verschwinden, Harrison, und zwar sofort", sagte meine Mutter zu mir und schob noch hinterher: „Hab keine Lust, dass sie mich wegen Beihilfe zur Flucht ins Gefängnis stecken."

Meine Mutter denkt immer nur an sich, eigentlich müsste ich das kapiert haben, aber in dem Augenblick ärgerte es mich doch.

„Beruhig dich, ich hab auch keine Lust, wieder ins Gefängnis zu gehen", antwortete ich. „Und außerdem hab ich allmählich die Schnauze voll von diesem Drecksloch hier."

Das hat ihr nicht gepasst, und wir schrien uns eine ganze Weile lang an, aber das muss nicht im Detail erzählt werden. So sind wir dann eben auseinandergegangen. Ich holte am „Strand der Tränen" das Boot hinter den Felsen hervor und lenkte es in Richtung Süd-Osten nach Victoria Island, eine Insel, auf der ich bisher noch nicht war. Weder den Wohnwagen noch Maillico habe ich seither je wiedergesehen.

Familienfeier

Fast fünf Monate lang, von Oktober bis Ende Februar, versteckte ich mich in den Villen an der Küste von Victoria Island. Es war ein milder, grauer, regnerischer Winter, und ich hatte das Gefühl, in einem Dämmerzustand zu schweben. Ich dachte an meinen Freund, den Bären im Wopatchee-Park: Der musste jetzt auch Winterschlaf halten. Ich hoffte, dass so allmählich Gras über meine Angelegenheit wachsen würde. Stattdessen sprach man mehr und mehr von mir. An den Computern, die ich in den Häusern fand, verfolgte ich im Internet die Artikel, die über mich erschienen, und die wachsende Anzahl meiner Fans auf *Facebook*. Die schnellte ziemlich bald auf achttausend hoch. Als Weihnachtsgeschenk bekam ich einen Artikel im *Time Magazine*, eine ganze Seite nur für mich allein in der berühmtesten Zeitschrift Amerikas, inklusive Foto. Ich war zu so etwas wie einem Staatsfeind geworden, hieß es in dem Artikel, und wenn ich so weitermachen würde, wäre ich *ein toter Mann*.

Ich machte mir dann auch selbst ein Weihnachtsgeschenk: Ich lud mir den Film mit Clint Eastwood runter, den Dave mich damals nicht hatte zu Ende schauen lassen. Er geht schlecht aus: Clint kommt noch mal davon, aber der junge Dieb muss dran glauben. Alles in allem war das also ein ganz schön mieses Weihnachtsfest.

Im Jahr zuvor hatte ich es noch bei Jim in Nepawa gefeiert. Seine Tochter und sein Schwiegersohn waren aus Spokane gekommen und wir hatten die Nachbarin, Mama Stewart, eingeladen. Jim hatte drauf bestanden, dass wir ihn alle in die Kirche begleiteten, und ich muss sagen, es war richtig schön, vor allem die Krippe und die ganzen Lieder, auch wenn ich es insgesamt zu lang fand. Mama Stewart überwachte den halben Gänsebraten, der im Ofen brutzelte, und Jims Tochter hatte einen Pudding mitgebracht. Jim schenkte mir ein supertolles Messer und ich ihm ein Bild von einem Flugzeug, das ich gemalt hatte und das eine Fahne hinter sich herzog, auf der *Frohe Weihnachten, Jim* stand. Ich hatte da echt viel Zeit reingesteckt und war mit dem Resultat ganz zufrieden. Jim gefiel es auch, so gut sogar, dass er extra dafür einen Rahmen in der Schreinerwerkstatt baute. Das war wohl das schönste Weihnachtsfest, das ich bisher hatte, und es ist schon komisch, dass ich es ausgerechnet mit Leuten verbrachte, die mir eigentlich gar nicht nahestanden.

Inzwischen war ich wohl zu alt für diesen ganzen idiotischen Weihnachtskram.

Obwohl, ich muss zugeben, dass es mir an diesem Abend, als der Film zu Ende und Lightfoot, der junge Dieb, nach dieser Schlägerei so elend verreckt war, nicht besonders gut ging. Ich meine, meistens komme ich mit der Einsamkeit ja ziemlich gut klar, aber es gibt nun mal Tage, da ist es gar nicht so leicht, da wäre ich gern wie alle anderen ... die Familie glücklich versammelt um einen fetten Truthahn, Onkel Dingsda erzählt irgendwelche uralten Witze, die Cousinen bekloppter als ein Schnitzel und Opa, der so stocktaub ist, dass man ihm ständig ins Ohr brüllen muss. Und dann die Brüder und die Schwestern, ein Bruder, mit dem man jeden Mist machen kann, eine Schwester, mit der man sich wunderbar zanken kann. 'Ne Familie halt.

Oder wenigstens eine Mutter und ein Vater. Gut, 'ne Mutter habe ich, auch wenn das nicht immer so das Gelbe vom Ei ist. Aber 'nen Vater ... kann man nicht wirklich behaupten, dass ich einen hätte. Ich hab noch nicht von ihm erzählt, denn ehrlich gesagt tut das ziemlich weh, und darauf hab ich keine Lust. Aber irgendwann sollte ich es wohl tun. Nun ... das Schlimmste, das mir je passiert ist, ist nicht das Jahr in Riverview, auch nicht meine Abstürze. Es ist auch nicht der Tod von Mike oder von Donut, davon hab ich ja auch schon erzählt. Das Schlimmste, das ist dieser Typ.

Ich muss so ungefähr zehn gewesen sein. Mike war schon tot und Donut auch. Eines Tages tauchte mein Vater am Wohnwagen auf. Er hatte sich aus dem Staub gemacht, als ich noch ein Baby gewesen war, und seither hatte er sich nicht mehr blicken lassen. Das Leben in den Wäldern und in der Natur, das war offenbar nicht so sein Ding. Und Familienleben auch nicht.

„Bloß gut, dass wir den los sind", sagte meine Mutter die wenigen Male, die wir über ihn sprachen. „Er war ein mieser Nichtsnutz." Sie hatte die paar Fotos von ihm alle weggeworfen, und es gab nur noch ein einziges, ein Gruppenfoto, das in einer Bar aufgenommen worden war, da sah man ihn unscharf im Hintergrund: Ein großer kräftiger Kerl, so wie ich, mit strohblonden Haaren, die ihm bis auf die Schultern hingen, und er lachte mit weit offenem Mund einen mageren Typen mit fiebrigem Blick an. Dieses Bild hielt sie mir einmal unter die Nase und sagte, wenn ich wissen wollte, wie mein Nichtsnutz von einem Vater aussah, müsste ich nur mal schauen. Als ich sie fragte, wo er war, antwortete sie nur: „Im Knast."

„Warum?", fragte ich. „Was hat er gemacht?"

Sie zuckte die Schultern. „Weil er ein Nichtsnutz ist und krumme Dinger gedreht hat."

Viel mehr wusste ich nicht über ihn und eigentlich fand ich, dass ich damit völlig ausreichend über ihn informiert war. Eine Zeit lang, als ich noch kleiner war und von meiner Mutter die Nase gestrichen voll hatte, stellte ich mir vor, wie eines Tages mein Vater in einem Auto angefahren käme. Es war ein schönes, großes Auto, und mein Vater saß darin wie Clint Eastwood, mit einer Lederjacke und einer Sonnenbrille, und dann stieg er total lässig aus und fragte mich: „Na, mein Sohn, würde es dir gefallen, den ollen Wohnwagen zu verlassen und bei mir zu leben? Pack deine Sachen."

Aber solche idiotischen Dinge träumte ich schon lange nicht mehr, als er dann tatsächlich auftauchte. Und es war gut, dass ich das nicht mehr tat, denn die Wirklichkeit hatte mit den Träumen nichts, rein gar nichts zu tun. Was mich am meisten schockierte, als ich ihn erblickte, war, wie wahnsinnig ähnlich wir uns sahen. Meine Mutter ist klein und brünett, ich ähnele ihr überhaupt nicht, aber ganz ohne Zweifel war dieser Kerl mein Vater. Leider. Damit will ich nicht sagen, dass ich nicht froh bin, groß und kräftig zu sein und blaue Augen zu haben, aber ich hoffe inständig, dass ich niemals so eine fiese Säuferfresse wie seine haben werde. Er konnte damals noch gar nicht so alt gewesen sein, jedenfalls war er deutlich jünger als meine Mutter, keine vierzig, aber er sah völlig fertig aus, mit ausgebeulten Tränensäcken und so 'ner käsigen Gesichtsfarbe, schlimmer als sie. Er konnte keine drei Worte sagen, ohne zu fluchen, selbst wenn er gar nicht wütend war.

„Das ist er also, mein gottverdammter Sohn?" Das waren seine ersten Worte, als er mich sah. „Guck mich nicht an, als könnste nich bis drei zählen, musst nich Papa zu mir sagen", sagte er und lachte. Das hatte ich auch gar nicht vor, da musste er keine Bedenken haben. „Papa" war ein Wort, das ich zu niemandem sagte, und am allerwenigsten zu ihm. Vielleicht hätte ich es eines Tages zu Mike sagen können, oder sogar zu Jim, oder warum nicht auch zu Clint Eastwood? Aber zu ihm … nie im Leben.

Er zog im Wohnwagen ein und fühlte sich auch gleich zu Hause. Meine Mutter meckerte erst noch ein bisschen rum, aber letztendlich war sie wohl ganz froh, dass er da war, denn sie hatte eine ganze Weile keinen Freund mehr gehabt. Mit ihm wurde sie schlimmer als je zuvor, als würde er auf sie abfärben oder so. Zusammen verbrachten sie ihre Tage damit, zu saufen und sich anzubrüllen oder in einem halbkomatösen

Zustand vor dem Fernseher zu dösen. Abends schlossen sie mich in meinem kleinen Zimmer ein, und ich hörte, wie sie lachten und grölten. Er trank billigen Fusel und wenn er die Kontrolle verlor, schlug er zu. Aus dem Lachen wurden Schreie, ich hörte dumpfe Schläge und Sachen, die scheppernd umfielen und auf dem Boden zu Bruch gingen. Ich hämmerte gegen meine Tür, ich wollte raus, aber ich konnte nichts machen. Am nächsten Tag hatte meine Mutter blaue Flecken im Gesicht und auf den Armen, und einmal hatte er einen tiefen Kratzer unterhalb vom Ohr. Ich wollte nur eins: dass er abhaute. Bis dahin versuchte ich, ihm möglichst aus dem Weg zu gehen, und auch er ließ mich links liegen, außer wenn ich ihm ein Bier aus dem Kühlschrank holen sollte. Bis zu dem Tag, als alles aus dem Ruder lief.

Meine Mutter arbeitete einige Tage im Supermarkt, sie vertrat da eine Verkäuferin an der Frischtheke. Sie hatte zwei Schalen mit Fleisch und Würsten mitgebracht, die kurz vor dem Verfallsdatum waren. Sie hatte beschlossen, ein Barbecue zu machen, und trug mir auf, mich ums Feuer zu kümmern. Ich war total aufgeregt: Wir hatten schon ewig kein Barbecue mehr gemacht, um ehrlich zu sein, hatten wir schon ewig nichts mehr gegessen, das einer richtigen Mahlzeit glich. Mein sogenannter Vater lümmelte auf einem Plastikstuhl rum und schaute mir von der Veranda aus zu, während er sein Bierchen schlürfte. Das Feuer brannte gut, aber da wir keine Kohlen hatten, dauerte es eine Weile, bis es eine schöne rote Glut gab, auf der das Fleisch garen konnte. Auf einmal kam er auf mich zu.

„Was machsten da, du Faulpelz? Scheiße, leg das Fleisch auf, ich hab Hunger", sagte er. Ich erklärte ihm, dass es dafür noch zu früh war, dass die Glut noch nicht heiß genug war, aber dieser Trottel wollte es einfach nicht kapieren. „Du kleiner Depp willst mir beibringen, wie man 'n Barbecue macht?", brüllte er mich an. „Leg jetzt das Fleisch auf, sag ich, ich wart keine hundert Jahre hier rum!"

Das ging mir echt gegen den Strich: Da hatten wir einmal was richtig Gutes zu essen, und er würde alles verderben. Als er nach dem Fleisch greifen wollte, breitete ich die Arme aus, um ihn davon abzuhalten. Den Schürhaken, mit dem ich eben im Feuer gestochert hatte, hielt ich noch in der Hand, der berührte ihn am Arm. Er brüllte, wohl mehr vor Schreck, und ich ließ den Schürhaken fallen. Das hätte ich nicht tun sollen.

Den Ohrfeigen meiner Mutter wich ich normalerweise aus, aber er war schneller und viel aggressiver

185

als sie. Zuerst bekam ich einen festen Schlag ins Gesicht ab, der mich etwas benommen machte, und plötzlich bekam ich keine Luft mehr: Seine zwei großen Pranken schlossen sich um meinen Hals, und ich spürte, wie der Druck immer unerträglicher wurde.

„Du Scheißkerl, dir werd ich beibringen, die Hand gegen mich zu erheben! Du wirst schon sehen!" Er brüllte mir die Worte ins Gesicht, und das Merkwürdige ist, dass ich, obwohl mir der Hals irrsinnig wehtat und ich gerade am Ersticken war, von seinem stinkenden Atem und den Spucketropfen in meinem Gesicht total angeekelt war. Ich versuchte, ihn zu treten und zu schlagen, aber ich war damals einfach noch nicht seine Gewichtsklasse. In diesem Augenblick glaubte ich wirklich, dass ich sterben würde, und nichts hat mir seither so viel Angst gemacht. Ich frage mich, wie weit er gegangen wäre, wenn nicht meine Mutter kreischend angerannt gekommen wäre. Da ließ er mich endlich los, und sie fingen an, sich entsetzlich anzuschreien. Mühsam kam ich wieder zu Atem, ich hustete, ich schluchzte. Meine Mutter stieß mich in den Wohnwagen und brüllte ihm über die Schulter zu, dass er abhauen sollte, bevor sie die Flinte rausholte. Sie war echt auf hundertachtzig, und das fand ich irgendwie tröstlich. Sie sammelte in Windeseile seine paar Sachen zusammen, die im Wohnwagen rumflogen, dann ging sie wieder nach draußen und warf ihm die Tüte vor die Füße. Daraufhin brüllte er wieder irgendwelche Beleidigungen, wirklich schreckliche, ekelhafte Sachen, die ich nicht wiederholen möchte, die ich am liebsten vergessen würde. Ich war auch wieder aus dem Wohnwagen geklettert, und ich wollte ihn zum Schweigen bringen, also hob ich Steine auf und warf sie auf ihn. Große Steine. Einer traf ihn am Oberschenkel, da wollte er wieder auf mich losgehen, aber er blieb wie vom Donner gerührt stehen, als er die Flinte in den Händen meiner Mutter sah.

„Zieh Leine oder ich mach dich nieder", sagte sie. „Mit den Verletzungen an Harrisons Hals geht das als Notwehr durch."

Da hob er die Tüte mit seinen Sachen auf und verschwand zähneknirschend. Wir haben ihn nie wieder gesehen und wir haben nie wieder über ihn gesprochen.

So, das wär's, ich hatte nicht übermäßig Lust, das zu erzählen, aber nun ist es raus.

Nachtflug

Einige Tage nach Weihnachten machte ich mich auf den Weg Richtung Norden, über Victoria Island nach Hurley Island und dann rüber zum Kontinent. Ich hatte Hummeln im Hintern, wollte mich bewegen, um diesen Dämmerzustand, in den ich mich hatte fallen lassen, abzuschütteln. Und ich erkannte, dass nur eine Radikalkur mir wieder so etwas wie Lebenslust zurückgeben konnte.

Meine Radikalkur war eine weiße Cirrus mit zwei blauen Streifen, dasselbe Modell wie bei meinem zweiten Flug. Als würde sie mich freudig erwarten, stand sie auf dem Flugplatz von Fenwick, einem kleinen Seebad etwa achtzig Kilometer nördlich von Westwood. Es gab immer noch ein Ziel, das ich nicht erreicht hatte: ein Flugzeug sicher zu landen. Wenn mir das gelingen würde, wäre mir hinterher alles egal. Dachte ich jedenfalls. Und diesmal standen die Chancen gut für mich: Ich würde nicht wegen Spritmangels notlanden oder auf irgendeinem ungeeigneten Gelände runterkommen, nein, diesmal wollte ich auf dem Flugplatz von Barton landen, wo ich bereits meinen ersten Start und meinen zweiten Absturz hingelegt hatte.

Das einzige Problem war nur, dass auf diesem kleinen Flughafen ein unglaublicher Verkehr herrschte. Ab sechs Uhr morgens werkelten die Mechaniker in den Hangars, Fahrzeuge kurvten herum, Flugzeuge wurden bereitgestellt. Und dann verging keine Viertelstunde, ohne dass ein Flugzeug startete oder landete, und das bis zum späten Abend. Aus diesem Grund beschloss ich, nachts zu fliegen, das war auch etwas, das ich noch nie zuvor gemacht hatte.

Kurz vor Mitternacht brach ich das Gitter auf, der Flugplatz war wie ausgestorben. Mit dem Abheben hatte ich keine Probleme, darin war ich inzwischen richtig gut. Es war mein vierter Versuch, und dieses Gefühl, sich vom Boden zu lösen, war nach wie vor unbeschreiblich. Ich fühlte mich leicht und wie befreit von meinem tristen Dasein in diesem eintönigen Wintergrau, in dem ich mich von einem Tag zum andern schleppte. Ich hatte eine kalte Nacht gewählt, der Himmel war klar und hell erleuchtet vom Mond, nachdem es tagelang bedeckt und neblig gewesen war. Die Sterne funkelten, eine leichte Brise wehte von Norden her und weckte mir die Sinne. Mein erster Nachtflug. Er war atemberaubend: Im silbernen Mondlicht wirkte die Landschaft unter mir fast überirdisch, metallisch und doch von einer unglaublichen Zartheit. Als ich über das Meer flog, senkte ich das Flugzeug so tief ab, wie ich es mich gerade noch traute, und flog einige Minuten über das Wasser, ich war so nah dran, dass ich die Schaumkronen auf den nachtschwarzen Wellen erkennen konnte. Das Gefühl, das mich dabei von Kopf bis Fuß durchlief, kann ich nicht beschreiben, so was muss man selbst erlebt haben, um das zu verstehen. Bevor ich Barton erreichte, brachte ich das Flugzeug wieder auf seine normale Flughöhe. Ich drehte eine Runde über dem Flugfeld und machte das schnurgerade schwarze Band der Landebahn aus, dann setzte ich zur Landung an und versuchte dabei, das Flugzeug im Gleichgewicht zu halten. Man kann nicht behaupten, dass es die perfekte Landung war, aber es war bei Weitem die beste, die ich je hingelegt hatte. Das rechte Rad kam als Erstes auf, und das ziemlich heftig. Zuerst dachte ich, jetzt kippt das Flugzeug, aber irgendwie fing es sich, und dann kam auch das linke Rad auf. Das Fahrwerk hatte es sicherlich etwas mitgenommen, denn die Cirrus gondelte im Zickzack mindestens zweihundert Meter weit, bevor sie quer zur Piste zum Stehen kam. Aber ich lachte: Ich wurde immer besser.

Genau wie fünf Monate zuvor nahm ich meinen Rucksack und schlug mich in die Wälder, nur dass ich diesmal keine Cops auf den Fersen hatte, noch nicht. Ich rechnete damit, dass ich einige Stunden Vorsprung hatte, bis es Tag wurde und man die querstehende Cirrus fand, die die Landebahn blockierte. Dann allerdings würde man in Windeseile klarmachen zum Gefecht und alles dransetzen, mich zu schnappen. Ich hatte mir nicht einmal die Mühe gemacht, meine Spuren im Cockpit zu verwischen: Die Cops würden keine Sekunde lang zweifeln, dass ich es war. Und diesmal war es mir ganz recht, wenn alle Welt es wusste, schließlich hatte ich das Flugzeug nahezu unbeschadet runtergebracht. Ich geb zu, ich war ziemlich stolz auf mich. Ich weiß, dass ich das nicht sagen sollte, aber ich beschreibe hier nicht mein Leben, um irgend so einen Bockmist wie „Ich bereue alles" zu verzapfen. Ich bereute, die kleine Cessna von Mr Jennings so zugerichtet zu haben, das schon, aber ich war echt stolz drauf, dass mir diese Landung doch ziemlich gut gelungen war, und das ist die reine Wahrheit.

Ich dachte an meine Mutter. Sie würde von der Sache hören und wissen, dass ich ein bravouröses Ding geliefert hatte, und ich hoffte, dass sie genauso stolz auf mich sein würde. Das machte mir eigentlich Lust, einen Abstecher nach Maillico zu unternehmen, aber ich wusste, dass ich mich dann gleich hätte ausliefern können. Nachdem ich ihnen so knapp entwischt war, würden die Cops, die Spezialisten von der SWAT oder sonst wer den Wohnwagen in den nächsten Tagen nicht aus den Augen lassen.

Wie das letzte Mal verließ ich Barton Island in einem Boot, das ich am nahen Anleger gefunden hatte, und lenkte es Richtung Kontinent. Ich bin wohl ein Gewohnheitstier und verlasse nur ungern meine ausgetretenen Pfade.

Das Ende der Reise

Die Sonne stand schon hoch, als die Küste in Sicht kam. Ich landete am selben Strand und lief zu Fuß zum Hafen, alles wie beim letzten Mal. Das hier war weniger ein Abenteuer als vielmehr Routine. Allerdings fuhr ich nicht per Anhalter, weil ich inzwischen ein bisschen zu bekannt war und Schiss hatte, an jemanden zu geraten, der mich identifizierte. Also beschloss ich, ein Auto zu suchen. Am Ende einer ruhigen Sackgasse fand ich einen alten Honda. Ich schlug das Fenster mit einem Stein ein und los ging's! Ich fuhr nicht besonders lang mit diesem Auto, denn der Sprit war fast alle und ich hatte keinen Schlüssel für den Tank, aber immerhin kam ich bis Richmond. Dort ließ ich es auf dem Parkplatz eines Einkaufszentrums stehen und fand auch gleich ein anderes: Die Tussi brachte gerade ihren Einkaufswagen weg und war unvorsichtig genug, ihr Auto offen und den Schlüssel stecken zu lassen. Pech für sie. Der Wagen war vollgetankt und der Kofferraum zum Brechen voll mit Lebensmitteln, und so konnte ich dank dieser Frau eine ganze Weile lang fahren, ohne in einem der Nester, durch die ich kam, anhalten zu müssen. Als ich an die Abzweigung zum Wopatchee-Park kam, bremste ich ab. Wäre es nicht Winter gewesen, hätte ich gern wieder eine Zeit in den Bergen verbracht, aber bei der Saukälte stand das völlig außer Frage.

Also beschloss ich, in den Süden zu fahren: In Idaho oder Montana war es einfach zu hart zu dieser Jahreszeit. So kam ich nach Wyoming. In einem Wohngebiet einer kleinen Stadt, deren Namen ich vergessen habe, beobachtete ich eine Familie, die gerade ihr hübsches Häuschen verließ. Als sie außer Sichtweite waren, stieg ich bei ihnen ein. Ich bereitete mir erst ein großartiges Frühstück und dann ein wunderbares Schaumbad in ihrer Wanne. Beides hatte ich echt nötig, die warme Mahlzeit und das Bad. Bis Mittag war ich wieder verschwunden, und ich nahm ein Kopfkissen, einen Laptop, ein bisschen Geld und was zu essen mit.

Zu dieser Zeit hatte ich ein anderes Auto, einen großen Pick-up, in dem ich ziemlich bequem schlafen konnte. Mein Ziel war Florida. Ich wollte es warm haben und einen Tag in Disneyland verbringen und den Atlantik sehen.

Mehrere Monate lang war ich pausenlos unterwegs und wechselte dabei häufig die Autos. Ich folgte keiner bestimmten Route, überhaupt nicht. Ich nahm kleine

Nebenstraßen, mied größere Städte, verfuhr mich oft. Ich hatte es nicht eilig anzukommen. Ich wusste, wenn ich erst einmal an der Ostküste war und am Strand des Atlantiks stand, wüsste ich nicht mehr weiter. Außer umzukehren.

An meinem Laptop verfolgte ich meine immer größer werdende Berühmtheit. Meine *Facebook*-Seite zählte im März fünfzehntausend Fans, und im Mai waren es über zwanzigtausend. Ein Typ in Kalifornien scheffelte Kohle mit einem T-Shirt, das er verkaufte und das mein Konterfei zeigte und den Spruch: *Flüchte, fliege, lebe!* Ein anderer sang ein Loblied auf mich und stellte den Clip auf *YouTube* ein. Ein echt lächerliches Ding, nichts, womit man sich brüsten könnte. Hunderte von Seiten erinnerten daran, dass es mich immer noch gab. Auf einmal war ich berühmt und ganz ehrlich: mir drehte sich der Kopf. Ich hatte komplett die Kontrolle über die Situation verloren, und in den Beschreibungen, die man da in unterschiedlichster Weise von mir gab, konnte ich mich nicht wiederfinden. Wo war ich in alldem? Wer war ich? Und gab es unter all jenen, die sich so brennend für meine Geschichte interessierten, überhaupt nur einen, dem es wirklich um mich ging?

Wie in meinem Leben so wusste ich auch bei dieser Reise nicht wirklich, wohin ich eigentlich wollte. Seit zwei Jahren war ich schon unterwegs, ohne umkehren zu können, dafür steckte ich schon viel zu tief im Schlamassel. Mir war schon klar, dass diese Flucht nach vorn eines Tages enden würde, aber ich konnte mir nicht vorstellen, wo oder wie das sein würde. Ich durchquerte Nebraska und Iowa. Ich fuhr durch Saint Louis, Missouri, denn Jim hatte dieses Musical *Meet Me in Saint Louis* immer so geliebt, und ich hatte es mir mit ihm mindestens dreimal angesehen. Er sang dabei immer lauthals mit, das war echt furchtbar. Er wäre von dem wirklichen Saint Louis total enttäuscht gewesen: Es war eindeutig hässlicher als im Film, der übrigens in einem Studio gedreht worden war. Und niemand sang hier in den Straßen.

Der Frühling kam, und es war kein Problem mehr, draußen zu übernachten. Ich hatte ein Zelt und eine ganze Campingausrüstung in einem Outdoor-Laden mitgehen lassen, das war der pure Luxus. Im Norden von Saint Louis fand ich ein unberührtes Stück Natur und da verbrachte ich einige Zeit, bis mich so ein Hinterwäldler entdeckte und ich mich lieber wieder davonmachte. Inzwischen hatte ich von Westen nach Osten fast drei Viertel der Vereinigten Staaten durchquert und ich glaubte nicht, dass mich die Polizei von Washington hier suchen würde.

Irgendwann fand ich mich dann in Indiana in einer mittelgroßen Stadt namens Norland wieder. Es regnete Bindfäden und ich musste die Nacht im Auto verbringen, einem Toyota, der viel zu klein war, um darin zu schlafen, und für mich alles andere als bequem. Ich glaub, da hatte ich so einen richtigen Durchhänger, plötzlich hing mir das alles zum Hals raus, immer von einem Nest zum nächsten zu fahren, auf irgendeinem Parkplatz irgendein Auto zu knacken und mich von Müsliriegeln zu ernähren. Ich hatte fast fünf Monate gebraucht, um bis nach Indiana zu kommen, und in diesem Tempo würde es noch Monate dauern, bis ich in Florida ankäme. Der Gedanke machte mich fertig.

Am nächsten Tag suchte ich den Flughafen von Norland und fand ihn auch schnell. Es war ein kleiner Flughafen ganz nach meinem Geschmack mit jeder Menge privater Flugzeuge. Zwei Tage lang beobachtete ich die Starts und Landungen und entdeckte dabei die Maschine, die ich brauchte: eine Cessna 172, mein Lieblingsmodell.

Mit meiner Entscheidung, die Dinge ein wenig zu beschleunigen, war ich vollkommen zufrieden, ich hatte wirklich genug von meiner Irrfahrt durch das Land. Warum sollte ich meine Ankunft in Florida noch künstlich hinauszögern? Nur einige Stunden Flug und ich wär da. Und danach ... danach würde ich schon weitersehen.

Kurz vor Anbruch der Morgendämmerung kletterte ich in das Cockpit und stellte sicher, dass der Tank voll war. Noch mal ging ich meine Berechnungen durch: Ein Absturz aufgrund so einer peinlichen Panne sollte mir nicht wieder passieren. Aber es war alles gut, mehr als gut, ich war bereit. Mein Ziel war Orlando, natürlich nicht der internationale Flughafen, ich wollte geradewegs auf der privaten Landebahn von Disneyland runtergehen. Im Internet hatte ich gesehen, dass sie nicht mehr aktiv betrieben wurde, aber ich nahm an, dass es sie immer noch gab. Das würde echt cool werden, stellte ich mir vor: Nach der Landung würde ich mich einfach in irgendeinem Winkel des riesigen Vergnügungsparks verstecken und am nächsten Tag unter die Touristen mischen und mir Mickey Maus und Konsorten ansehen. Und selbst wenn man alle Ausgänge überwachen würde, war ich mir sicher, einen Durchschlupf zu finden. Das war ein total bescheuerter Plan, das weiß ich inzwischen selber, aber zu diesem Zeitpunkt fand ich ihn total clever. Allerdings glaube ich, in diesem Augenblick wäre mir jeder auch noch so bescheuerte Plan supertoll vorgekommen, Hauptsache er beinhaltete den Flug mit einer Cessna.

Ich legte einen sauberen Start hin und stabilisierte die Maschine rasch, alles deutete auf einen perfekten Flug hin. Der Himmel war wolkenlos an diesem Julimorgen, ich lenkte die Cessna in südliche Richtung, und plötzlich durchströmte mich pures Glück. Die Stunden vergingen, na ja, wie im Flug, und als ich in die Nähe von Orlando kam, hatte ich nicht die geringste Lust, schon zu landen. Disneyland entdeckte ich schnell und auch das Flugfeld, aber die Aussicht, schon runterzukommen, erschien mir geradezu hirnrissig. Wie hatte ich mir nur jemals vorstellen können, in einer Masse von popkornfutternden Touristen in bunten Bermudashorts untertauchen zu wollen? Der Gedanke allein ließ mich schaudern. Und was hatte ich in einem künstlich auf Abenteuer getrimmten Fahrgeschäft wie *Space Mountain* verloren, wenn ich doch hinter dem Steuerknüppel eines echten Flugzeugs saß? Disneyland, das war wie Weihnachten: Dieser Zug war für mich abgefahren, und jetzt war ich einfach zu alt dafür.

Nur wenige Augenblicke zögerte ich, da lag Orlando schon hinter mir. Und ich flog immer noch Richtung Süden. „Ich könnte nach Kuba fliegen", dachte ich mir. Die US-amerikanischen Bullen würden mich da unten niemals suchen, und niemand würde mich ausliefern. Aber ich blickte nach links und da breitete sich blau der Atlantik unter mir aus, und ich weiß nicht, was mich da geritten hat, jedenfalls lenkte ich die Maschine nach Osten, in die große Weite hinaus. Würde ich so weiterfliegen, wäre die nächste Möglichkeit zu landen Europa, Tausende und Abertausende Kilometer entfernt. Mein Tank war fast leer. Mein Kopf auch. Vor mir erstreckte sich endlos der Ozean. Ich flog Richtung Horizont.

Vielleicht sollte ich genau das machen, bis zum Horizont fliegen, hinein in das endlose Blau, mich darin verlieren und verschwinden. Niemand würde wissen, wo ich war: die SWAT, das FBI und die Polizei von Maillico konnten mich suchen, bis sie verschimmelten, ich hätte mich für immer und ewig aus dem Staub gemacht. Sterben machte mir keine Angst, ich dachte noch nicht einmal daran, ich wollte nur einfach nicht landen müssen, das war alles. Auf der Erde gab es keinen Platz für mich, aber im Himmel, da lebte ich.

Ich weiß nicht, was mich dann bewegte, meine Meinung zu ändern. Der Überlebensinstinkt, nehme ich an, oder auch der Widerwille bei dem Gedanken daran zu ertrinken, wo ich Wasser doch nicht ausstehen konnte. Ich kann nicht erklären, was sich da genau in meinem Kopf abspielte in diesem Augenblick, aber

200

Tatsache ist, dass ich mit der Maschine eine Schleife flog und umkehrte, bevor es wirklich zu spät war, um noch irgendwo zu landen. Kuba konnte ich mir jetzt aus dem Kopf schlagen, die einzige Möglichkeit waren die Bahamas.

Die Nadel der Kraftstoffanzeige zitterte schon eine ganze Weile über null herum und die Warnleuchte blinkte, als wollte sie jeden Moment explodieren, als die erste Insel vor mir auftauchte. Sie war noch ein ganzes Stück entfernt, und es war ziemlich ungewiss, ob ich sie erreichen würde. Wie meine Reise enden würde. Der Motor begann zu stottern, und ich kämpfte gegen die aufsteigende Panik an. Ich war schon im Sinkflug, als ich die kleine Landebahn entdeckte. Sie machte einen freien Eindruck, und eine nette kleine Erkundungsrunde war echt nicht mehr drin, ich brachte die Maschine einfach nur runter.

Ich wusste im selben Moment, dass es nicht gut gehen würde, ich kam viel zu steil und zu schnell auf. Ich wollte sie noch einmal hochziehen, vergeigte das aber, denn das Flugzeug brach aus und schien noch einmal aufzusteigen. Ich glaube, dabei hat das Heck den Boden berührt und zerbrach, dann prallte es ein paar Mal hart auf, das Fahrgestell musste dabei zerbrochen sein. Dann schlitterte das Flugzeug noch einige Meter, um in so einer Art Graben schließlich zum Stehen zu kommen.

Fünf Landungen, davon vier Totalschäden, das ist keine Bilanz, auf die man stolz sein könnte, aber diesmal hatte ich wirklich kaum Zeit, mich vorzubereiten. So viel steht fest, irgendwo da oben im Himmel gibt es einen Schutzengel, der mich mag, denn auch diesmal kam ich unversehrt und lediglich ein bisschen mitgenommen davon. Und irgendwie hatte ich mich auch daran wohl mit der Zeit gewöhnt: Wie automatisch griff ich nach meinem Rucksack, kletterte aus dem Wrack und verdrückte mich so schnell ich konnte. Dass ich auch diese Cessna gecrasht hatte, tat mir ehrlich weh. Es ist einfach furchtbar, ein so wunderschönes Spielzeug wie dieses zu zerstören, und das, was man am allerliebsten mag auf der Welt, in tausend Teile zu zerlegen. Außerdem wurmte es mich echt, dass mir schon wieder eine Landung komplett missglückt war.

Aber allzu viel Zeit hatte ich nicht, in Selbstmitleid zu zerfließen: Eine Sirene zerriss die Stille, ich musste los. Das Flugzeug war über die Flugpiste hinausgeschossen, mitten hinein in eine karge Landschaft, in der wenig herumstand außer ein paar hohen Büschen. Die ermöglichten es mir, mich davonzustehlen, ohne gesehen zu werden. Ich hatte echt wacklige Beine, und die feuchte Luft nahm mir den Atem, aber glücklicherweise musste ich nicht rennen.

Es ist aus

Ich verließ das Gelände des Flugplatzes und kam in ein unbebautes Gebiet, in dem einige Bäume wuchsen. Ich setzte mich in den Schatten, um meine Kräfte zu sammeln. Ich war entsetzlich müde und entsetzlich deprimiert. Es tat mir richtig leid, dass ich umgedreht war. Wäre ich einfach weiter Richtung Horizont geflogen, wäre jetzt alles vorbei, ich müsste nicht mehr rennen, flüchten, mich verstecken, keine Polizisten, keine Sorgen und keine Zukunft mehr. Man hört ja oft von Leuten, die vor ihrer Vergangenheit fliehen, aber ich floh wohl eher vor meiner Zukunft. Was mir offen gestanden ganz selbstverständlich erschien: Man fürchtet doch am meisten, was man nicht kennt, oder? Meine Zukunft war für mich ein schwarzes Loch.

Aber nun war ich hier, zurück auf der Erde, und nun musste ich also zusehen, wie ich klarkam. Ich war auf Groß Abaco gelandet, wie ich später erfuhr, eine Insel in Form eines Kommas im Norden der Bahamas, die einmal der Länge nach von einer Straße durchzogen wurde. Der Flugplatz, den ich glücklicherweise entdeckt hatte, war der kleinere von zweien, im Norden der Insel und nicht sehr belebt. Obwohl sie Groß Abaco hieß, war die Insel nicht besonders groß, sondern eher lang und schmal und abgesehen von einer einzigen Stadt, nämlich Marsh Harbour, fast unbewohnt. Jetzt im Juli quoll die Stadt vor Touristen über, darum würde es gar nicht so einfach sein, in einem leer stehenden Ferienhaus unterzuschlüpfen.

Zwei Wochen hielt ich durch, zwei Wochen, in denen ich mit den Cops Verstecken spielte. Als die Polizei der Bahamas anfing, sich mit dem Fall des Flugzeugabsturzes zu beschäftigen und nach dem *geheimnisvollen Geisterpiloten* fahndete, wie es die hiesige Zeitung schrieb, brauchten sie nicht lang, um eine Verbindung zu mir herzustellen, nehme ich mal an. Danach lenkte sie jeder noch so kleine Diebstahl sofort auf meine Spur. Einige Male entwischte ich ihnen, einmal auf der Terrasse einer Bar, einmal am Strand und einmal auf einem Parkplatz, jedes Mal nur um Haaresbreite. Mir war völlig klar, dass sie mich, würde ich auf dieser ollen Insel bleiben, früher oder später kriegen würden. Ich wollte mich auf dem Flugplatz umschauen, aber da wimmelte es nur so vor Sicherheitsleuten, klar. Mir blieb nur ein Ausweg: das Meer.

Ich dachte mir schon, dass auch der Hafen überwacht wurde, und so verbrachte ich erst mal eine

Nacht damit, die Runden der Wachleute zu beobachten und die Boote in Augenschein zu nehmen. Am 15. Juli gegen fünf Uhr morgens, der Tag konnte sich noch nicht so richtig entschließen anzubrechen, da kletterte ich in einen hübschen Außenborder. Ich wollte nach Kuba, so absurd es für einen Amerikaner war, denn sonst war es ja immer andersrum, dass die Flüchtlinge über das Meer kamen, um bei uns einzuwandern, aber ich hoffte, dass man mir dort keine Schwierigkeiten machte.

Und was mich dann erwartete, wenn ich erst mal da war? Keine Ahnung. Ich wusste nur eins, nämlich dass ich keine Lust mehr hatte, pausenlos auf der Flucht zu sein. Und wenn sie mich auf Kuba für einen Spion hielten und mich in den Knast warfen, dann war es eben so, denn würde ich auf Groß Abaco bleiben, wäre ich in jedem Fall dran.

Ich knackte das Sicherheitsschloss und startete den Motor. In der Stille der Nacht machte er einen Höllenlärm, auch wenn ich mich beeilte, den Motor zu drosseln. Ich hatte den Anleger noch keine fünfzig Meter hinter mir, als ich einen Typen sah, der am Kai entlanglief und schrie. Es war einer der Wachmänner, wo der auch immer herkam. Ich beschleunigte, der Motor jaulte volles Rohr auf, das Boot machte einen Satz nach vorn, fiel zurück in die Gischt, und ich lenkte die Spitze zum Hafenausgang.

Sie nahmen sofort die Verfolgung auf. Zuerst redete ich mir ein, dass da irgendein Tourist einen Morgenausflug mit seinem Motorboot machte, aber als sie näherkamen, erkannte ich den Zodiac der Küstenwache. Ich ließ den Motor auf Hochtouren laufen. Es war ein großer Mercury, der sofort ansprach. Aber das Schlauchboot der Küstenwache war mit einem viel stärkeren Motor ausgestattet, und der Abstand wurde immer kleiner. Schon bald konnte ich fünf Männer an Bord des Zodiacs erkennen. Einer brüllte was in ein Megafon. Die Worte waren völlig unverständlich, aber die Botschaft war klar: Ich sollte stehenbleiben. Ich fuhr mit Höchstgeschwindigkeit weiter. Vielleicht, sagte ich mir, waren die Hoheitsgewässer von Kuba nicht mehr weit, und ich hatte noch eine Chance zu entkommen. „Lieber sterben als mich kriegen lassen", schwor ich mir immer wieder. Das Boot hüpfte über die Wellen, ich hielt mich krampfhaft am Steuer fest, den Blick geradeaus gerichtet. Plötzlich erschien der Zodiac zu meiner Rechten und war drauf und dran, mir den Weg abzuschneiden. Ich riss das Steuer nach links und schickte ihnen dabei eine riesige Bugwelle rüber. Aber als ich einen Blick über die Schulter warf,

207

waren sie wieder dicht hinter mir. Der eine Bulle brabbelte unverdrossen in sein Megafon, aber der Lärm des Motors und der klatschenden Wellen verschluckte, was immer er von sich gab. Jedenfalls, ihm galt meine Aufmerksamkeit keine Sekunde lang, sondern seinem Kumpel, dem mit dem Gewehr im Anschlag. Er zielte genau auf mich.

So also würde es enden, sagte ich mir, mit einer Kugel im Rücken, während mein Boot in Höchstgeschwindigkeit dahinflog, so und nicht anders kannte man es ja, ein Typ, der im vollen Galopp von seinem Pferd runtergeholt wird, ein logisches Ende für einen Gesetzlosen. Ein schönes Ende. Ich hörte die Kugeln nicht mal kommen bei dem Lärm, den das Boot machte, aber geschossen hatte er, denn ich sah, wie er den Rückstoß der Waffe abfing. Einen Augenblick lang setzte er sie ab, er hatte mich verfehlt. Kurz überlegte ich, einige Kurven zu fahren, um ihm das Zielen zu erschweren, aber ich hätte kostbare Zeit verloren. Besser, ich fuhr so schnell wie möglich geradeaus. Aus dem Augenwinkel sah ich, wie er wieder das Gewehr schulterte, und diesmal hörte ich mindestens zwei Schüsse. Wieder daneben, dachte ich, aber das stimmte nicht, er hatte getroffen, was er anvisiert hatte: Mit einem Mal begann der Motor zu stottern, und dann gab er ganz den Geist auf, und ich kapierte, dass der Typ nicht auf mich, sondern auf den Tank gezielt hatte. Das Boot fuhr noch einige Meter weiter und wurde dann immer langsamer, wie in einem Albtraum. Der Zodiac zog an mir vorbei und mein Boot schaukelte still auf den Wellen.

Die Bullen drehten und kamen langsam auf mich zu. Jetzt, wo der Motor im Eimer war, hörte ich klar und deutlich, was der Typ in sein Megafon brüllte: „Hände hoch, Junge, bleib ganz ruhig, mach keinen Blödsinn, hörst du, keine Bewegung!" Als wär ich in einem Actionfilm. Einem ganz schlechten Film. Und definitiv im falschen.

Ich stand stocksteif. „Kommen Sie nicht näher", schrie ich, „sonst spring ich ins Wasser und ich kann nicht schwimmen!" Ich wollte einfach nicht zugeben, dass sie mich hatten. Wollte nicht glauben, dass es zu Ende war, dass sie so zu Ende gehen sollte, meine Flucht, die über zwei Jahre gedauert hatte.

Ein älterer Cop übernahm das Megafon. „Sei vernünftig, Kleiner", sagte er. „Es ist aus, aus und vorbei."

Verrückt, aber als er das sagte, „aus und vorbei", da kam mir das vor, als würde eine Mutter versuchen, ihr Kind zu trösten, und plötzlich gab ich auf.

„Okay", sagte ich und setzte mich hin.

Der Rest ist schnell erzählt: Eine Woche U-Haft auf den Bahamas, dann meine Auslieferung an die Vereinigten Staaten von Amerika. Zum ersten Mal in meinem Leben flog ich in einem Flugzeug als Passagier mit, eine zweimotorige De Havilland-Maschine, die mich nach Miami brachte, wo ich Zeuge einer formvollendeten Landung werden durfte. Ich sagte nichts, ich dachte auch nichts, glaube ich. Ich blieb nur einige Tage in Miami und ich sah nicht Disney World, sondern nur den Knast. Dann wurde ich in eine riesige Maschine gesetzt, eine Boeing 737, die mich nach Seattle flog. Am Steuer sitzend war so ein Flugzeug sicherlich eine aufregende Sache, aber hinten, eingequetscht zwischen den Sitzen, sah man kaum den Himmel, ebenso gut konnte man meinen, in einem großen Bus zu hocken, man hatte noch nicht einmal das Gefühl zu fliegen, und das fand ich echt arm.

Und das ist das Ende.

Und jetzt?

Im Augenblick bin ich im Gefängnis von Seattle, seit einem Jahr warte ich auf meinen Prozess. Ich weiß, dass ich aus einem staatlichen Gefängnis nicht so einfach abhauen kann wie aus *Mansfield School*. Und selbst wenn es ginge, ich würde es gar nicht wollen. Darüber sind alle total erstaunt, mein Anwalt, meine Mutter, der Kerl von der *Washington News* ...

Alex, meinen Gefängniswärter, macht es schier verrückt. „Oh Scheiße, Mann, man könnt meinen, du wärst froh hier zu sein", sagt er oft zu mir.

Und das stimmt. Ich hatte wirklich genug davon, ziellos auf der Flucht zu sein, mich zu verstecken, die ganze Zeit unterwegs zu sein und mir ein Bein auszureißen, um was zwischen die Zähne zu kriegen und einen Unterschlupf zu finden. Ich brauchte Ruhe, Ruhe, um mich zu erholen und über das nachzudenken, was passiert war. Ich bin mir sicher, dass mir draußen irgendwelche Leute mit ihren mehr oder weniger gut gemeinten Absichten mächtig auf die Nerven gehen würden: Ich hatte inzwischen mehr als dreißigtausend Fans auf *Facebook*, und einige davon waren bestimmt durchgeknallt genug, um mich draußen vor dem Eingang zu erwarten. Hier drinnen bin ich glücklicherweise geschützt. Eigentlich dürfen mich nur mein Anwalt und meine Mutter besuchen. Alle anderen weise ich ab.

Meine Mutter kommt nicht allzu oft, und wenn sie kommt, endet ihr Besuch meistens in lautem Gebrüll. Trotzdem bin ich froh, sie zu sehen, jedenfalls am Anfang ihrer Besuche. Vor allem, weil ich sehe, dass sie sich echt Mühe gibt: Wenn sie kommt, ist sie nüchtern, gekämmt und anständig angezogen. Aber irgendwann kommt sie immer an den Punkt, wo sie anfängt, mich mit diesen ganzen Anfragen zu nerven, die sie ständig von Leuten erhält, die mein Abenteuer als Film oder Buch nacherzählen wollen. Sie hat sich extra einen Anwalt genommen, der die ganzen Rechte verhandeln soll, und sie sieht sich schon wie Dagobert Duck in einen Swimmingpool voller Kohle springen. Und wenn ich ihr dann sage, dass ich meine Geschichte gar nicht an irgendeinen dahergelaufenen Autor verkaufen will, regt sie sich tierisch auf, weil ihr dieser Gedanke, bloß fürs Nichtstun so viel Geld zu bekommen, natürlich wahnsinnig gut gefällt. Sie sieht dann ihre Felle davonschwimmen und schimpft und schreit, ich wär blöde und undankbar.

Ich habe ihr nicht erzählt, dass ich bereits dabei bin, meine Geschichte selbst aufzuschreiben und das auch nicht mache, weil ich sie damit stinkreich machen will, sondern einfach nur, weil ich auf diese Weise was zu tun habe und es mir guttut. Mein Anwalt weiß allerdings Bescheid, er weiß auch von meinem Heft, in das ich das alles schreibe, davon hab ich ihm auch erzählt, und er findet das gut und meint, ich solle weitermachen. Er ist allerdings auch der Meinung, dass ich meine Geschichte verkaufen soll. Ich hab ihm erklärt, dass ich diesen Gedanken nicht so toll finde, aber er hat gesagt, dass ich das Geld gebrauchen könnte, um all den Leuten, die ich beklaut habe, Schadensersatz zahlen zu können (er nannte sie „deine Opfer", aber diesen Ausdruck mag ich nicht besonders), und dass mir das sicherlich einen riesen Straferlass bringen würde. Ich hab ihm versprochen, drüber nachzudenken. Sicher ist nur, dass meine Mutter die Kohle nicht mal zu sehen bekommt. Es ist unfassbar, aber es will ihr nicht in den Kopf rein, dass sie es noch weniger als ich verdient, dieses Geld zu bekommen.

Es geht ihr nicht nur um das Geld allein: Nach dem ganzen Rummel, den man da um mich veranstaltet hat, glaubt sie wirklich, so eine Art Star zu sein. Sie, die immer rumbrüllte, dass man sie in Ruhe lassen sollte, sie gab nun Interviews und trat mit „Presseerklärungen" vor die Kameras. Da wird mir echt schlecht, ich will gar nicht wissen, was sie da für einen Mist verzapft. Sie fühlt sich jetzt wahnsinnig wichtig, glaub ich, weil man in den Zeitungen und im Fernsehen über mich spricht und über sie auch. Dass das nicht immer schmeichelhaft ist, ist ihr scheißegal. Sie kriegt nicht auf die Reihe, dass es mir am liebsten wäre, man würde mich einfach vergessen.

Ich bin gern allein. Das ist was, das die Leute nicht verstehen. Ich habe hier das Recht auf eine Einzelzelle, weil ich so was wie eine Berühmtheit bin, und das finde ich ganz gut. Mein Anwalt, John, also, John Slater eigentlich, meint, er könnte mich in den normalen Gefängnisbetrieb integrieren lassen, aber das will ich gar nicht. Es interessiert mich nicht, mit anderen Gefängnisinsassen zu reden oder mich von ihnen anstarren zu lassen wie eine Jahrmarktsattraktion. Ich habe weder Lust, für sie ihr Maskottchen oder irgendwas anderes Bescheuertes in der Richtung zu sein noch ihr Prügelknabe. Und irgendwie fühle ich, dass ich nicht bin wie sie, auch wenn ich ebenfalls geklaut habe. Nur mit Alex unterhalte ich mich von Zeit zu Zeit, aber Alex ist der Wärter. Er ist nett zu mir, bloß ein bisschen zu neugierig.

214

„Oh Mann, ist dir nicht stinklangweilig so ganz allein?", fragt er mich oft. „Hast du gar keine Lust, mit den anderen Sport zu machen oder fernzusehen?"

Aber mir ist nicht langweilig. Ich bin es gewohnt, allein zu sein. Schon immer. Meine Zelle ist ganz okay, weil ich ja nicht in der Isolation als gemeingefährlicher Häftling einsitze, sondern als so eine Art VIP, und deswegen werde ich auch ganz freundlich behandelt, nicht so wie die Gewalttäter oder die Bandenchefs. Ich bekomme alles, was ich brauche, Papier, Stifte. Ich zeichne Karten oder Flugzeuge, und manchmal entwerfe ich sogar neue Modelle. Ich lese auch viel, vor allem Bücher über Flugzeuge natürlich, auch über Tiere, über die Natur oder andere Dinge, die mich interessieren. Ich höre gern Musik mit dem kleinen iPod, den John mir geschenkt hat, und das ist für mich echt was Neues, denn bisher lebte ich mehr oder weniger in der Stille. Nicht zuletzt verbringe ich nicht eben wenig Zeit damit, in dieses Heft zu kritzeln. Das hat mich Stunden um Stunden gekostet, kann ich euch versichern, denn Schreiben ist nicht eben meine Stärke, aber inzwischen bin ich auf den Geschmack gekommen.

Es ist so erholsam, sich nicht ständig Sorgen machen zu müssen, ob das Essen reichen wird – hier wird es mir auf einem Tablett gebracht. Meistens schmeckt es ziemlich scheußlich, aber ich bin nicht mäklig. Im Großen und Ganzen geht es mir hier also gar nicht schlecht. Nur meine Streifzüge im Freien, die fehlen mir. Einmal habe ich meine Mutter gebeten, mir ein paar Zweige Farn mitzubringen, weil ich so gern den Duft der Wälder von Maillico riechen wollte, aber sie hat es vergessen.

Wird ganz schön hart, wenn sie mir zehn Jahre aufbrummen, aber John meint, dass ich sicherlich weniger bekomme, denn ich hätte einen „riesigen Sympathiebonus in der Öffentlichkeit und in den Medien", wie er das nennt. Im Augenblick habe ich keine Lust, mir darüber den Kopf zu zerbrechen, der Prozess wird erst in einigen Monaten stattfinden. Ich muss oft an Joshua denken, den schwarzen Jungen, den ich Riverview kennengelernt habe. Inzwischen wird er auch in einem Staatsgefängnis einsitzen. Aber im Unterschied zu ihm habe ich weder jemanden getötet noch verletzt und werde deswegen nicht bis an mein Lebensende hierbleiben müssen, zum Glück. Einige Jahre werden es trotzdem sein, das finde ich schon 'ne ganze Menge, und es macht mir Angst. Ich werd probieren, es wie Joshua zu machen, um durchzuhalten: „Versuche, so viel wie möglich über alles Mögliche zu lernen." Man hat mir angeboten, hier die Schule fertig zu machen, und vielleicht mach ich das wirklich. Dass ich hier meine ganze Geschichte aufgeschrieben habe, hat mir gezeigt, dass ich gar nicht so blöd bin und mit so einer Aufgabe eigentlich ganz gut fertig werde.

Außerdem war es eine schöne Beschäftigung, wie Alex es schon sagte, und irgendwie macht es mich fast ein bisschen traurig, dass ich nun bald aufhören muss. Ich hab's John gezeigt, und ich glaube, es hat ihm gefallen. Möglicherweise folge ich doch seinem Rat und versuche, es zu verticken, um mit der Kohle einen Teil des Schadens, den ich verursacht habe, zurückzuzahlen und vielleicht eine Strafminderung zu erhalten. Er glaubt, dass sich viele Verlage dafür interessieren werden, vor allem, wenn man es noch hier und da ein bisschen zurechtrückt, aber so viel hab ich klargestellt: Es wird so veröffentlicht, wie ich es geschrieben habe – oder gar nicht. Die Rechtschreibfehler, okay, die ja, denn die hätte ich, wenn ich es besser könnte, gar nicht gemacht. Aber bei meinen Sätzen lass ich mir nicht reinreden, die bleiben, wie sie sind, und ich will auch nicht hören, dass ich dies oder das besser erklären sollte und dafür Sachen streichen soll, die niemanden interessieren, Donut zum Beispiel. Ich weiß, dass mein Buch anders geworden ist, als es etwa der Journalist von der *Washington News* geschrieben hätte, aber so ist das nun mal, ich schreibe, wie ich will und was ich will, denn schließlich ist es mein Leben. Ich hab alles reingepackt, was wichtig ist, und jetzt, jetzt bin ich fertig. In gewisser Weise hat es mir gutgetan, und wenn es hilft, meine Opfer zu entschädigen, ist es umso besser für alle.

Wo ich von Opfern spreche ... Mr Jennings, dem ich die Cessna geschrottet habe, hat mir doch noch geantwortet. Er sagt, dass er meine Entschuldigung annimmt, und dass er hofft, dass ich meine Fehler einsehe. Er lädt mich sogar ein, ihn mal zu besuchen, wenn ich aus dem Gefängnis rauskomme. Er hat geschrieben: *Ich verfolge deine Geschichte nun schon eine ganze Weile und ich glaube nicht, dass du ein schlechter Junge bist. Meine Frau Mildred und ich haben über alles gesprochen und wir sind der Meinung, dass es für einen kräftigen, mutigen jungen Mann wie dich, der gern im Freien ist, auf einer Farm wie der unseren immer was zu tun gibt. Und wenn du lernst, wie man ein Flugzeug landet, ohne es dabei in seine Einzelteile zu zerlegen, wäre es mir eine große Hilfe, einen Mitarbeiter an meiner Seite zu haben, der fliegen kann. Du hast ja jetzt einige Jahre Zeit, um über mein Angebot nachzudenken, und du musst mir auch nicht sofort antworten, aber denk darüber nach. Pass auf dich auf. Nichts für ungut. Bill Jennings*

John sagt, dass unter den Hunderten von Briefen, die mir irgendwelche Leute zugeschickt haben, und die er für mich liest, einige waren, in denen mir eine Arbeitsstelle für die Zeit nach dem Gefängnis angeboten wurde. Und es waren mindestens fünf Flugsportclubs dabei, die mir mit gratis Flugstunden helfen wollen, den Flugschein zu machen. Wie Mr Jennings schon sagt: Ich hab jetzt ein paar Jahre Zeit, darüber nachzudenken und mich zu entscheiden. Bonners Ferry ist wirklich ein nettes, ruhiges Örtchen, und die Farm der Jennings hat auf mich einen echt guten Eindruck gemacht. Na ja, warten wir's ab. Bis ich wieder rauskomme, werde ich versuchen, so viele nützliche Dinge wie möglich zu lernen.

Das Erste, was ich mach, wenn ich rauskomme, ist, einen Hund zu adoptieren. Als Zweites nehme ich Flugstunden. Ich muss lernen, wie man eine sanfte Landung hinlegt.

Nachwort

Dieser Roman beruht weitgehend auf einer Zeitungsmeldung, die in den USA erschienen ist und deren Protagonist in Wirklichkeit Colton Harris-Moore heißt. Viele der hier geschilderten Erlebnisse haben sich auf seiner Reise den amerikanischen Medien zufolge tatsächlich so ereignet, andere sind pure Imagination. Alle hier dargestellten Personen sind frei erdachte Figuren und erheben nicht den Anspruch, irgendeiner real existierenden Persönlichkeit zu ähneln.

Colton Harris-Moore wurde im Juli 2010 verhaftet. Er wurde schuldig gesprochen und im Januar 2012 zu sechseinhalb Jahren Gefängnis verurteilt. Ein Anwalt hat für ihn die Verhandlung über den Verkauf der Filmrechte an seiner Geschichte geführt und sie für 1,3 Millionen Dollar an 20th Century Fox verkauft. Mit dieser Summe möchte Colton den Schaden an seinen Opfern wiedergutmachen.

Danksagung

Hätte ich nicht auf meine Freundin Toé warten müssen, die noch schnell duschen wollte, und hätte nicht die Dezemberausgabe 2009 des *Time Magazines* auf ihrem Wohnzimmertisch gelegen, hätte ich dieses Buch vermutlich nie geschrieben. So ist es mehr als gerechtfertigt, dass ich ihr dieses Buch widme: Danke für diesen glücklichen Zufall und, ganz nebenbei, auch für fünfunddreißig Jahre wunderbarer Freundschaft.

Danke an Pierre Chabrillar, der seiner Jugend zum Trotz ein erfahrener Pilot ist und bereitwillig die Passagen, in denen es ums Fliegen geht, gelesen und meine technischen Schnitzer korrigiert hat. Nicht zuletzt danke ich meiner Lektorin, die mich stets ermutigt hat, bei diesem Projekt bis zum Schluss durchzuhalten.

Pascale Maret

Pascale Maret, geboren 1957, unterrichtete zunächst französische Literatur in mehreren fernen Ländern, bevor sie sich ganz dem Schreiben widmete. Sie denkt sich am liebsten Abenteuergeschichten aus, die an Orten spielen, an denen sie gelebt oder die sie bereist hat.